• Die Sprachzeitung •

ABITUR-WORTSCHATZ FRANZÖSISCH

Prüfungsrelevante Vokabeln mit Beispielsätzen | Niveau B2 – C1

Carl Ed. Schünemann KG

TABLE DES MATIÈRES

Vorwort

Für die Vorbereitung auf das Abitur und andere Prüfungen im Fach Französisch brauchst du einen guten Wortschatz in der Fremdsprache. Er gibt dir Sicherheit und Selbstvertrauen in der stressigen Prüfungssituation.
Die Vokabeln in diesem **Abiturwortschatz** decken alle prüfungsrelevanten Themen ab, sodass du dir schnell den Kernwortschatz zu einem bestimmten Themengebiet aneignen kannst.
Aber nicht nur das: Wenn du diesen Wortschatz beherrschst, wirst du von französischen Muttersprachlern ernst genommen und kannst in Frankreich mitreden. Modernes Vokabular wird in Beispielsätzen aus der französischen Presse kontextualisiert.
Wichtig dabei ist, dass du Vokabeln erstens regelmäßig lernst und zweitens in Zusammenhängen. Es nützt nicht viel, wenn du versuchst, dir viele Vokabeln auf einmal zu merken. Es ist effektiver, wenn du dir täglich eine überschaubare Anzahl an Wörtern vornimmst und diese auch regelmäßig wiederholst. Du wirst sehen, dass du auf diese Weise in relativ kurzer Zeit deinen Wortschatz spürbar gefestigt hast.
Auch das Lernen in Zusammenhängen ist sehr wichtig: Präge dir jeweils immer den Beispielsatz gut ein, denn im Kontext merkt man sich Wörter meistens besser. Außerdem wirst du feststellen, dass zusätzlich zur Übersetzung und zum Beispielsatz auch Synonyme und Antonyme angegeben sind. Lernst du diese Wörter von Anfang an mit, erweiterst du deinen Wortschatz und kannst dich eloquenter ausdrücken.
Ebenso kannst du sehen, dass auch andere Wörter derselben Wortfamilie angegeben sind. Solltest du einmal auf ein unbekanntes Wort stoßen, kannst du dir seine Bedeutung auf diese Weise selbst herleiten.
In regelmäßigen Abständen findest du kleinere Übungen, mit denen du das Gelernte anwenden kannst.

Viel Erfolg und gute Noten wünscht
die Französisch-Redaktion

1 LES JEUNES • ÉCOLE

académie f etwa: Schulaufsichtsbezirk **académique**

L'académie de Lille publie régulièrement des annonces pour trouver des professeurs de mathématiques.

baccalauréat m Abitur bac **bachelier/-ière**

Passer le baccalauréat à 77 ans, c'est possible !

brevet des collèges m Abschlussprüfung des Collège, mittlerer Schulabschluss

Les épreuves du brevet des collèges s'étalent sur deux jours.

bulletin m Zeugnis

Depuis que mes parents ont reçu mon bulletin, ils me surveillent tout le temps.

collège m 4 Jahrgangsstufen umfassende Schule für Schüler im Alter von 11 bis 15 Jahren **collégien/-ienne**

À Marseille, un collège privé catholique devrait bientôt ouvrir dans le 15ᵉ arrondissement.

cour de récréation f Pausenhof cour de récré (fam.) **récréatif, -ive**

Des collégiens se battent dans la cour de récréation.

cours particulier m Nachhilfestunde

Il devra prendre des cours particuliers pour rattraper son retard en mathématiques.

directeur d'école m Schulleiter (e-r Grundschule) la directrice

La directrice d'école a reçu des parents d'élèves.

échange scolaire m Schüleraustausch **échanger**

Le collège Saint-Joseph a accueilli 22 élèves allemands dans le cadre d'un échange scolaire.

école maternelle f Vorschule **écolier/-ière**

Les enfants âgés de deux ans peuvent être admis à l'école maternelle dans la limite des places disponibles.

école primaire f Grundschule

En France, l'école primaire dure cinq ans.

école publique f staatliche Schule **≠ école privée**

Depuis la fermeture de l'école publique, les enfants de ce village sont scolarisés dans les communes voisines.

égalité des chances f Chancengleichheit

L'objectif de cette mesure est de promouvoir l'égalité des chances à l'école.

emploi du temps m Stundenplan

Ton emploi du temps te convient-il ?

enseignant m Lehrer; Lehrkraft **enseigner qc à qn**

Ces enseignants ne supportent plus leurs conditions de travail.

épreuve écrite f schriftliche Prüfung **≠ épreuve orale**

L'épreuve écrite de français a duré quatre heures.

examen blanc m Probeklausur

L'examen blanc constitue une étape importante dans la préparation à l'examen officiel.

faire ses devoirs s-e Hausaufgaben machen

Il a du mal à faire ses devoirs tout seul.

filière f Zweig

Elle hésite encore entre la filière scientifique et la filière économique.

instituteur m Grundschullehrer une institutrice **= professeur des écoles**

Un instituteur luxembourgeois gagne presque trois fois plus que son homologue français.

l'Éducation nationale f das frz. Bildungsministerium **éduquer**

Il travaille dans l'Éducation nationale depuis plus de 40 ans.

lycée m gymnasiale Oberstufe (Alter: 15 bis 18) **lycéen/-enne**

Un élève a été blessé au couteau près de son lycée à Clichy-sous-Bois, en banlieue parisienne.

lycée professionnel m etwa: Fachoberschule, Berufsschule professionnel, -elle

Ma mère a longtemps enseigné dans un lycée professionnel.

maître (d'école) m Grundschullehrer la maîtresse (d'école)

Nos enfants adorent leur maîtresse d'école.

matière obligatoire f Pflichtfach **≠ matière facultative**

La France est l'un des rares pays au monde à imposer la philosophie comme matière obligatoire au lycée.

option f Wahlfach **optionnel, -elle**

Elle a choisi l'option théâtre pour le bac.

principal m Schulleiter (e-s Collège)

Les nouveaux élèves ont été accueillis par le principal.

programme scolaire m Lehrplan, Curriculum; Unterrichtsstoff

À l'École européenne de Strasbourg, les programmes scolaires sont enseignés en trois langues.

proviseur m/f Schulleiter/in (e-s Lycée) auch: la proviseure

Les proviseurs se disent globalement satisfaits de la réforme du lycée.

rentrée (scolaire) f Schuljahresbeginn **= rentrée des classes**

La rentrée scolaire marque la fin des grandes vacances.

réviser wiederholen, (für e-e Prüfung) lernen **révision**

Ses professeurs lui ont conseillé de réviser l'histoire et l'anglais.

scolariser qn jdn. einschulen **scolarisation ; scolarité**

Des parents témoignent : « Scolariser son enfant handicapé est une bataille permanente. »

sécher les cours die Schule schwänzen fam.

De nombreux jeunes ont séché les cours cette année afin de participer aux marches pour le climat.

système scolaire m Schulsystem

Les écoles alternatives séduisent de plus en plus les déçus du système scolaire.

taux de réussite m Erfolgsquote

Dans ce lycée, le taux de réussite au bac est de 98,1%.

? **1** *Quels sont les équivalents français des mots suivants ? Notez-les.*

1. das frz. Bildungsministerium ______
2. Zweig ______
3. Lehrplan; Unterrichtsstoff ______
4. Schuljahresbeginn ______ • ______
5. wiederholen, (für e-e Prüfung) lernen ______
6. Abitur ______ • ______

7. Stundenplan ______________________

8. Zeugnis ______________________

9. Chancengleichheit ______________________

10. Schüleraustausch ______________________

AMOUR ET AMITIÉ

bande d'amis f Clique, Freundeskreis
Cet été, je partirai en vacances au bord de la mer avec ma bande d'amis.

connaissance f Bekannte/r **connaître**
Une de mes connaissances m'a révélé son homosexualité.

coup de foudre m Liebe auf den ersten Blick
Entre Léna et Mohammed, ce fut le coup de foudre immédiat.

craquer pour qn auf jdn. stehen fam.
Je craque pour ce type.

draguer qn jdn. anbaggern, anmachen fam. **drague (fam.)**
Il m'a draguée sur une application de rencontres.

être en couple e-e feste Beziehung haben, in e-r Beziehung sein
Ils sont officiellement en couple sur Facebook.

être proche de qn jdm. nahestehen
J'ai toujours été très proche de lui.

faire le premier pas den ersten Schritt machen, wagen
Mesdames, n'hésitez plus à faire le premier pas !

fidélité f Treue — **fidèle**

Selon moi, une relation amoureuse doit être basée sur la confiance et la fidélité réciproques.

---

jalousie f Eifersucht, Neid — **jaloux, jalouse de**

La jalousie est l'ennemie du couple.

---

petit copain m (fester) Freund la petite copine — **= le petit ami**

Elle va enfin présenter son petit copain à ses parents !

---

pote m/f Kumpel, Freund/in fam.

Sortir avec ses potes ou rester avec sa copine : le dilemme du samedi soir.

---

rapports protégés m pl Safer Sex

Après une période de rapports protégés, ils ont arrêté de mettre des préservatifs.

---

relation amoureuse f Liebesbeziehung

Leur relation amoureuse a pris fin en 2016.

---

rendez-vous (amoureux) m Date

Le premier rendez-vous amoureux fait toujours battre le cœur.

---

rompre avec qn mit jdm. Schluss machen — **rupture**

Il n'existe pas de bonne manière de rompre avec quelqu'un.

---

se confier à qn s. jdm. anvertrauen — **confidence ; confident**

Mon meilleur ami se confie souvent à moi.

---

se disputer avec qn s. mit jdm. streiten — **dispute**

Elle s'est disputée avec tout le monde pendant le voyage.

---

se donner rendez-vous s. verabreden

Les deux camarades se sont donné rendez-vous dans un parc après les cours.

---

se lier d'amitié avec qn s. mit jdm. anfreunden

Ils se sont liés d'amitié avec leurs voisins.

---

se retrouver s. treffen

On s'est retrouvé dans un bar pour fêter la fin des examens.

s'embrasser s. küssen

Je rêve de l'embrasser fougueusement !

sortir avec qn mit jdm. zusammen sein fam.

Mon frère a commencé à sortir avec sa copine lorsqu'il était au collège.

tendresse f Zärtlichkeit **tendre**

Le jeune couple a partagé ce moment de tendresse sur Instagram.

timide schüchtern **intimider ; timidité**

Il est trop timide pour l'aborder.

tomber amoureux de qn s. in jdn. verlieben tomber amoureuse

Dans ma classe, deux élèves sont tombés amoureux l'un de l'autre pendant le voyage de fin d'année.

? **2** *En utlisant les termes du chapitre « Amour et amitié », complétez le tableau de sorte que chaque ligne forme une famille de mots. Les cases avec un tiret (–) restent vides.*

nom	verbe	adjectif
	rompre	–
	se disputer	–
	se confier	–
drague		–
	–	jaloux
	–	tendre

timidité		
	connaître	–
	–	fidèle

MODES ET TEMPS LIBRE

aller boire un verre etw. trinken gehen **boisson**

Ça te dirait d'aller boire un verre après les cours ?

argent de poche m Taschengeld

« Mes parents ne me donnent jamais assez d'argent de poche », se plaint Marie.

colonie de vacances f Ferienlager colo (fam.)

La première fois que Manu a embrassé une fille, c'était en colonie de vacances dans le Gard.

écouteurs m pl Kopfhörer **écouter ; écoute**

Les pompiers ont retrouvé la jeune fille inconsciente, allongée sur le sol, avec des écouteurs dans les oreilles.

être à la mode in Mode sein

Elle trouve que ses parents ne sont pas du tout à la mode.

être branché modebewusst sein; in, angesagt sein fam.

Séoul est la nouvelle destination des jeunes branchés.

être connecté online sein **≠ être déconnecté ; connexion**

Partir en vacances sans être connecté lui paraît impensable.

faire du babysitting babysitten auch: le baby-sitting **babysitter/baby-sitter**

Mon voisin fait du babysitting le week-end.

faire la fête feiern, einen draufmachen **fêter ; fêtard/e (fam.)**

On a fait la fête jusqu'à trois heures du matin.

faire les magasins shoppen gehen

Ces jeunes Bordelais se retrouvent tous les samedis dans la rue Sainte-Catherine pour faire les magasins.

fringues f pl Klamotten fam. **être bien/mal fringué (fam.)**

Sur ce site, on trouve de nombreuses fringues d'occasion.

geek m/f Computerfreak anglic. fam. ; auch: la geekette

Après avoir conquis le marché des geeks, la marque veut désormais séduire un public plus large.

glander rum-, abhängen fam. **glandeur/-euse (fam.)**

J'adore glander le dimanche devant ma série préférée.

groupe m Band

J'écoute ce groupe en boucle depuis quelques semaines.

jeu vidéo m Videospiel

Corentin Houssein, alias Gotaga, est la star française du jeu vidéo.

jouer en réseau im Netzwerk spielen

Sa meilleure amie peut passer des heures à jouer en réseau.

kiffer qc etw. geil finden fam. ; auch: kifer

J'ai kiffé son dernier album.

langage des jeunes m Jugendsprache

Le langage des jeunes évolue constamment.

look m Look, Aussehen

Elle a profité de ses vacances d'été pour adopter un nouveau look.

rappeur m Rapper la rappeuse; auch: rapeur/-euse **rapper/raper ; rap**

Roméo Elvis est un rappeur belge qui s'est fait connaître en 2016.

scout m Pfadfinder **scoutisme**

Entre 2 000 et 3 000 scouts se sont réunis ce vendredi après-midi à Luxembourg-Ville.

sortir en boîte in die Disko gehen fam. (boîte de nuit)

Et si nous sortions samedi soir en boîte ?

style vestimentaire m Kleidungsstil

Sa fille a changé radicalement de style vestimentaire.

téléphone portable m Handy auch: le portable **= le mobile ; téléphoner à qn**

Aujourd'hui, la grande majorité des collégiens ont un téléphone portable.

téléréalité f Realityshow

Les adolescents fans de téléréalité seraient moins bons à l'école.

tenue f Kleidung, Outfit

Tu ne vas quand même pas sortir dans cette tenue !

vêtements de marque m pl Markenkleidung **se vêtir**

Dans cette boutique, on peut acheter des vêtements de marque à bas prix.

? **3** *Complétez les phrases par le mot ou l'expression qui convient. Assurez-vous, dans certains cas, d'avoir utilisé la bonne forme grammaticale.*

glander • colo • connecté • kiffer • écouteurs • vêtements de marque • faire les magasins • faire la fête

1. À l'école, tous ses camarades de classe portent des ____________________.
   Issue d'une famille modeste, Charlotte ne peut pas s'offrir des habits aussi chers.

2. Après avoir ______________________________ jusqu'à cinq heures du matin, elle s'est réveillée avec un mal de tête épouvantable.

3. Ayant horreur des boutiques bondées, elle ne ______________________________

jamais ______________________ et préfère acheter ses vêtements en ligne.

4. Arthur passe ses soirées à ______________________________ devant la télé.

5. Elle ______________________________ ce nouveau jeu vidéo et pourrait passer tout son temps à y jouer.

6. Petit, ses parents l'ont envoyé en ______________________________ tous les étés. Il avait à chaque fois le mal du pays et se sentait terriblement seul.

7. Comme il a perdu ses ______________________________, il ne pourra plus écouter de la musique dans les transports.

8. Laurence est accro aux écrans, elle est tout le temps ______________________.

ADOLESCENCE ET RISQUES

adolescence f Jugend(alter), Pubertät

L'apparition de la puberté marque le passage de l'enfance à l'adolescence.

---

adolescent m Jugendlicher, Heranwachsender ado (fam.) **adolescence**

Les adolescents passent plus de temps devant leurs écrans que dans leur lit.

---

anorexie f Magersucht **anorexique**

L'anorexie affecte plus particulièrement les filles, mais peut également toucher les garçons.

---

anxieux ängstlich anxieuse **anxiété**

Les réseaux sociaux rendraient les jeunes anxieux.

---

binge drinking m Komasaufen anglic.
Le binge drinking est un phénomène devenu fréquent chez les adolescents et jeunes adultes.

---

boisson alcoolisée f alkoholisches Getränk ≠ **non alcoolisé/e ; alcoolisme**
En France, la vente de boissons alcoolisées est interdite aux moins de 18 ans.

---

coma éthylique m Alkoholkoma
Le coma éthylique peut mener à la mort.

---

cyberharcèlement m Cybermobbing
Comment réagir lorsqu'on est victime de cyberharcèlement ?

---

décrochage scolaire m Schulabbruch **décrocher ; décrocheur/-euse**
La première dame, Brigitte Macron, s'intèresse de près au décrochage scolaire.

---

délinquance juvénile f Jugendkriminalität **délinquant**
En Martinique, les élus s'organisent pour lutter contre la délinquance juvénile.

---

dépendance f Abhängigkeit, Sucht **être dépendant à qc**
D'après cette étude, la dépendance au jeu pourrait être génétique.

être accro au cannabis cannabissüchtig sein fam.
Depuis le lycée, je suis accro au cannabis.

---

fairc une fugue von zu Hause weglaufen **fuguer ; fugueur/-euse**
En 1870, à l'age de 16 ans, le poète Arthur Rimbaud a fait une fugue pour se rendre à Paris.

---

fumer un joint e-n Joint rauchen anglic. fam. = **fumer un pétard ; fumeur/-euse**
Fumer un joint peut affecter la conduite pendant treize heures.

---

harcèlement scolaire m Mobbing in der Schule **harceler ; harceleur/-euse**
Comment repérer le harcèlement scolaire ?

---

humiliation f Demütigung **humilier**

Notre enfant a subi des humiliations à répétition.

intimidation f Einschüchterung **intimider**

Elle est victime de moqueries et d'intimidations à l'école.

manque de repères m Mangel an Vorbildern, Orientierungslosigkeit

Ce programme d'accompagnement est destiné aux jeunes en manque de repères.

mineur minderjährig **≠ majeur ; minorité**

Sans papiers officiels, il est difficile de déterminer l'âge exact des migrants mineurs.

mûrir reifer werden; erwachsen werden **mûr, mûre**

À 15 ans, le décès de ses parents l'a brusquement fait mûrir.

phobie scolaire f Schulangst **phobique**

Une de mes camarades de classe souffre de phobie scolaire.

prévention f Vorbeugung **prévenir ; préventif/-ive**

Nous faisons de la prévention contre la drogue dans les lycées.

racket (scolaire) m (räuberische) Erpressung auf dem Schulhof, Abziehen anglic. **racketter ; racketteur/-euse**

Victimes de racket scolaire, ne restez pas silencieux !

recherche d'identité f Identitätssuche

L'adolescence est une période de recherche d'identité.

se droguer Drogen nehmen **drogue**

L'étudiant aurait commencé à se droguer après la mort de son frère.

se rebeller contre qn/qc s. gegen jdn./etw. auflehnen **rébellion**

À l'adolescence, il se rebelle contre ses parents et décide de devenir musicien.

se sentir mal dans sa peau

s. in seiner Haut nicht wohl fühlen ≠ **être bien dans sa peau**

Ma fille de 13 ans ne se trouve pas belle et se sent mal dans sa peau.

s'isoler s. abschotten, s. einigeln = **se renfermer ; isolement**

À force de s'isoler, elle finira par ne plus avoir d'amis.

s'opposer aux adultes s. den Erwachsenen widersetzen

Faut-il s'opposer aux adultes pour grandir ?

tentative de suicide f Selbstmordversuch **tenter de faire qc**

Une tentative de suicide est souvent un appel au secours.

tester ses limites s-e Grenzen (aus)testen

Les adolescents ont l'habitude de prendre des risques pour tester leurs limites.

troubles alimentaires m pl Essstörungen

De nombreux jeunes souffrent de troubles alimentaires tels que l'anorexie ou la boulimie.

vapotage m Dampfen von E-Zigaretten fam. **vapoter**

Au Canada, le vapotage est de plus en plus populaire chez les jeunes.

? 4 *Pour compléter les phrases, entourez le mot qui convient.*

1. Depuis ses 13 ans, Julie souffre de soucis/troubles alimentaires.
2. À l'âge de 17 ans, Antoine a fait une tentative/tentation de suicide.
3. Yann s'est toujours rebellé contre ses professeurs car il avait besoin de tester ses frontières/limites.
4. Enfant battu, Jonathan a fait une fuite/fugue à l'âge de 12 ans.
5. Loïc limite sa consommation de boissons alcooliques/alcoolisées. Après un verre de vin, il ressent déjà les effets de l'alcool.
6. Augustin est un lycéen très anxieux/apeuré : la veille d'un devoir sur table, il n'arrive pas à trouver le sommeil, tellement il est stressé.

7. Durant toute sa scolarité, Mathilde a souffert de peur/phobie scolaire. Tous les matins, elle se rendait à l'école la boule au ventre.
8. Par peur de devenir avide/accro au cannabis, Léa ne fume pas de joints.

ÉTUDES ET AVENIR

alternance f duale Ausbildung **alterner ; alternant**
Ces jeunes en alternance présenteront dans quelques semaines un bilan de leur année d'étude.

apprenti m Auszubildender **apprendre**
Les métiers de l'industrie recrutent des apprentis.

apprentissage m Lehre, Ausbildung
De plus en plus de jeunes se tournent vers l'apprentissage.

bac + 3 m 3-jähriges Studium nach dem Abitur, Bachelor bac = baccalauréat
Je suis titulaire d'un bac + 3.

bourse f Stipendium **boursier/-ière**
Le versement de votre bourse aura lieu le 5 de chaque mois.

BTS (Brevet de technicien supérieur) m etwa: Fachhochschulabschluss
Jérémy vient d'obtenir son BTS de dessinateur industriel.

CAP (Certificat d'aptitude professionnelle) m Zeugnis für e-e abgeschlossene Berufsausbildung
Je me suis orientée vers un CAP coiffure après le lycée.

classe préparatoire (aux grandes écoles) f Studium zur Vorbereitung auf e-e der frz. Elitehochschulen auch: la prépa (fam.) **(se) préparer ; préparation**
Margaux a intégré une prestigieuse école de management après deux ans de classe préparatoire.

classement m Ranking **(se) classer**

L'université de Tours est entrée au classement mondial des meilleures universités du Times.

concours d'entrée m Aufnahmeprüfung **concourir ; concurrent**

Les écoles de commerce offrent de belles opportunités, à condition de réussir leurs concours d'entrée.

cours magistral m Vorlesung

Ce cours magistral sur l'histoire du Maghreb est passionnant.

cursus m Studiengang

Un cursus universitaire en langue et culture vietnamiennes vient de voir le jour à Montpellier.

diplômé m Absolvent **diplôme**

En Turquie, le chômage touche de plus en plus les jeunes diplômés.

échouer à un examen e-e Prüfung nicht bestehen **≠ réussir un examen ; échec**

Ce n'est pas la première fois que ces deux étudiantes échouent à leurs examens.

enseignement à distance m Fernstudium

L'enseignement à distance lui a permis de reprendre ses études tout en continuant à travailler.

enseignement supérieur m Hochschulwesen

L'enseignement supérieur privé gagne du terrain en France.

étudiant en droit m Jurastudent **étudier**

Cet étudiant en droit cherche un stage d'avocat.

examen partiel m Klausur auch: le partiel **partie ; partiellement**

Les examens partiels ont souvent lieu en fin de semestre.

fac f Uni fam. (faculté)

« À la fac, j'ai découvert la liberté… et la solitude », témoigne le jeune homme.

faire des études de médecine Medizin studieren
J'ai fait des études de médecine en Belgique.

faire un stage ein Praktikum machen **stagiaire**
Faire un stage permet de découvrir le monde du travail.

filière f Studiengang
Le choix d'une filière à l'université n'est pas facile pour bon nombre de bacheliers.

frais d'inscription à l'université m pl Einschreibe-, Studiengebühren
La France envisage d'augmenter les frais d'inscription à l'université pour les étudiants étrangers non européens.

grande école f Elitehochschule
Il ambitionne d'intégrer une grande école d'ingénieurs.

IUT (institut universitaire de technologie) m technische Fachhochschule
L'IUT de Chalon-sur-Saône organise la 5e édition des Journées de la robotique.

jeune fille au pair f Au-pair-Mädchen jeune homme/garçon au pair
À la fin du lycée, j'ai travaillé comme jeune fille au pair aux États-Unis.

lettres f pl Literaturwissenschaft
Justine, 19 ans, est auteure de romans et étudiante en lettres.

licence f Bachelor
Après une licence d'allemand, elle est partie enseigner le français à Zweibrücken, petite ville de la Sarre.

maître de conférences m/f Dozent/in (Universität, Elitehochschule)
maître de conf (fam.), auch: la maîtresse de conférences
Elle est maître de conférences en droit privé et sciences criminelles à l'université de Rouen Normandie.

master m Master
Je pense travailler quelques années et choisir un master quand j'aurai un projet plus précis en tête.

---

orientation professionnelle f Berufsberatung; -wahl **s'orienter**
Il a souhaité prendre une année sabbatique pour réfléchir à son orientation professionnelle.

---

passer un examen e-e Prüfung ablegen; e-e Klausur schreiben
Partout dans le monde, des millions d'étudiants s'apprêtent à passer leurs examens de fin d'année.

---

professeur m/f
Professor/in; Dozent/in auch: la professeure **professer ; profession**
L'historien Georges Duby fut professeur au prestigieux Collège de France de 1970 à 1991.

---

rentrée universitaire f Semesterbeginn (im September)
Mathilde cherche un logement avant la rentrée universitaire.

---

restaurant universitaire m Mensa auch: le RU, le resto U **se restaurer**
En France, les restaurants universitaires se mettent à la cuisine végétarienne.

---

sciences humaines f pl Geisteswissenschaften **≠ sciences naturelles ; humain**
Gaël est chercheur en sciences humaines.

Sciences Po (sciences politiques) frz. Elitehochschule für Politikwissenschaft
Sciences Po Paris et Sciences Po Bordeaux ont décidé de supprimer leurs épreuves écrites d'admission.

---

se réorienter
den Studiengang wechseln, s. beruflich neu orientieren **réorientation**
Cette formation est réservée aux adultes souhaitant se réorienter vers le métier d'infirmier.

---

semestre à l'étranger m Auslandssemester

Passer un semestre à l'étranger est une expérience enrichissante.

s'inscrire à l'université s. an der Universität einschreiben **inscription**

Je me suis inscrite à l'université de la Sorbonne à Paris.

TD (travaux dirigés) m pl Übung (universitäre Lehrveranstaltung)

À l'université, les TD sont généralement dispensés en petits groupes.

thèse f Doktorarbeit **thésard/e (fam.)**

Elle vient de finir sa thèse en sociologie politique.

trouver sa voie s-n Weg finden

Pourquoi est-il si difficile de trouver sa voie ?

? **5** *Formez des groupes de mots en assemblant les termes suivants puis complétez les phrases ci-dessous. Ajoutez la préposition « de/d' » si besoin.*

au pair • grandes • entrée • partiels • classe • écoles • cours • rentrée • jeune fille • magistral • examens • concours • universitaire • préparatoire

1. Après le bac, Claire a fait une ______________ pour intégrer ensuite une école de journalisme.
2. Quand Sébastien a raté son ______________ à Sciences Po, il était dévasté.
3. Le bac en poche, Annie est partie pour Londres afin de travailler une année comme ______________.

4. À l'approche de la ____________________, Chloé doit vite trouver une chambre à Paris.

5. Laurence a adoré le ____________________ sur la préhistoire. Elle a appris énormément de choses.

6. Alors que les ____________________ approchent à grands pas, Yann n'a pas encore commencé à réviser.

7. Bien que très sélectives, les ____________________ sont très convoitées par les futurs étudiants.

2 SOCIÉTÉ • FAMILLE

adopter un enfant ein Kind adoptieren **adoption ; adoptif, -ive**

Elles ont adopté un enfant africain.

allocations familiales f pl Kindergeld **allouer qc à qn ; allocataire**

Des parents wallons se mobilisent contre la réforme des allocations familiales.

avoir la garde des enfants das Sorgerecht haben

La justice rejette la demande d'un père violent : il n'aura pas la garde de ses enfants.

compagnon m Lebensgefährte compagne **accompagner**

Elle viendra dîner chez nous samedi soir avec son compagnon.

congé parental m Elternzeit

Seulement 4% des pères français ont pris un congé parental en 2018.

conjoint m Ehegatte; (Ehe-)Partner

En l'espace de deux mois, seize femmes ont été tuées par leur conjoint ou ex-conjoint.

crèche f Krippe, Kita

Une crèche vient d'ouvrir ses portes dans la banlieue bordelaise.

divorcer de qn s. von jdm. scheiden lassen **divorce**

Après vingt ans de mariage, il a fini par divorcer de son amour de jeunesse.

éducation f Erziehung **éduquer ; éducateur/-trice**

Son enfance a été marquée par une éducation très stricte.

enfant unique m Einzelkind

Être enfant unique fait-il de vous un adulte différent ?

épouser qn jdn. heiraten **= se marier avec qn ; époux/épouse**

Pierre, ancien prêtre catholique, a quitté l'Église pour épouser une femme.

être enceinte schwanger sein

La voilà enceinte pour la troisième fois.

---

famille homoparentale f gleichgeschlechtliche Familie **homoparentalité**

Cette série raconte le quotidien d'une famille homoparentale.

---

famille monoparentale f Familie mit nur einem Elternteil

Les familles monoparentales sont particulièrement touchées par la pauvreté.

---

famille nombreuse f kinderreiche Familie

Élever une famille nombreuse demande de l'organisation.

---

famille recomposée f Patchworkfamilie

Nous formons une belle famille recomposée.

---

femme au foyer f Hausfrau

Depuis la naissance de ses enfants, elle est devenue femme au foyer.

---

fonder une famille e-e Familie gründen

Fonder une famille a toujours été son rêve.

---

foyer m Haushalt

Près de la moitié des foyers français possèdent un ou plusieurs animaux de compagnie.

---

fratrie f Geschwister

Il est né dans une fratrie de cinq enfants.

---

garde d'enfant f Kinderbetreuung **garder qn**

En France, les tarifs de garde d'enfant peuvent varier d'une région à l'autre.

---

maternité f Mutterschaft, Muttersein paternité **maternel, -elle**

« La maternité, ce n'est pas pour moi ! », s'exclame la jeune femme.

---

ménage m Haushalt **ménager, -ère**

La consommation des ménages a légèrement diminué au mois de juin.

---

mère célibataire f alleinerziehende Mutter père célibataire **= mère seule**

En France, le nombre de mères célibataires a pratiquement doublé en trente ans.

nourrice f Tagesmutter **= nounou (fam.) ; nourrir**

Trouver la nourrice idéale est souvent compliqué.

orphelin m Waise **orphelinat**

En 2017, la France comptait 800 000 orphelins de moins de 25 ans.

PACS (Pacte civil de solidarité) m

eingetragene Lebenspartnerschaft **se pacser ; être pacsé**

Le PACS est un contrat conclu entre deux personnes majeures pour organiser leur vie commune.

se fiancer s. verloben **fiançailles**

Ma cousine s'est fiancée au printemps.

se séparer de qn s. von jdm. trennen **séparation**

Comment se séparer de son compagnon sans le blesser ?

veuf m Witwer veuve **veuvage**

Depuis qu'elle est veuve, elle ne voit plus personne.

? 6 *Complétez les phrases par des mots du chapitre « Famille ».*

1. Enfant ________________, Matthieu aurait aimé avoir des frères et sœurs.
2. Depuis qu'il est avec sa nouvelle ________________, Stéphane a retrouvé le sourire.
3. Ayant perdu ses parents dans un accident de la route, Léa a grandi dans un ________________.

4. Tous les matins, le père de la petite Mathilde dépose sa fille chez la ______________________ (fam.).

5. Père ______________________, Sébastien doit gérer son travail et l'éducation de sa fille.

6. Après leur ______________________, Julie et François sont restés amis.

7. ______________________ de huit mois, Marie attend avec impatience l'arrivée du bébé.

8. Charlotte, qui a grandi dans une ______________________ de six, a gardé un lien très fort avec ses frères et sœurs.

IMMIGRATION

beur m in Frankreich geborener Jugendlicher maghrebinischer Einwanderer
fam. ; la beurette
Il y a trente ans, les beurs de France dénonçaient le racisme ordinaire.

carte de séjour f Aufenthaltserlaubnis **séjourner**
Ils viennent d'obtenir leurs cartes de séjour.

carte d'identité f Personalausweis
La carte d'identité sera-t-elle bientôt 100 % numérique ?

centre d'accueil m Erstaufnahmezentrum, Flüchtlingsunterkunft
Près de la frontière franco-italienne, un village refuse l'installation d'un centre d'accueil de migrants.

clandestin m illegaler Einwanderer **clandestinité ; clandestinement**
Ce film raconte l'histoire d'un clandestin afghan de 12 ans, qui est arrivé seul en France.

crise migratoire f Flüchtlingskrise **migrer ; migration**

Depuis 2015, la crise migratoire divise l'Europe.

demandeur d'asile m Asylbewerber demandeuse d'asile

On voit le nombre de demandeurs d'asile augmenter en France.

droit du sol m Geburtsortsprinzip **≠ droit du sang**

Le droit du sol accorde la nationalité française aux enfants nés sur le territoire national.

étranger n. m./adj. Ausländer étrangère

Bien qu'elle vive ici depuis dix ans, elle se sent toujours étrangère.

être issu de l'immigration e-n Migrationshintergrund haben

Dans ce quartier de Montréal, 63 % des habitants sont issus de l'immigration.

expulser qn jdn. ausweisen, abschieben **expulsion**

À Nantes, sept familles de migrants ont été expulsées ce mardi matin.

famille d'accueil f Gastfamilie

Ce jeune réfugié vit dans une famille d'accueil.

Français « de souche » m Entsprechung zum „Biodeutschen"

Cédric, 44 ans : « Je suis ce que certains appellent un Français de souche ».

immigré m Einwanderer **≠ émigré**

63 % des Français estiment que les immigrés « ne font pas d'effort pour s'intégrer ».

maghrébin maghrebinisch

Cette exposition revient sur l'histoire de l'immigration maghrébine dans la ville de Toulouse.

métissé gemischtethnisch; multikulturell geprägt **métissage**

La population de la Guyane est particulièrement métissée.

nationalité f Staatsangehörigkeit **nation**

Elle se réjouit d'avoir la double nationalité britannique et française.

naufragé m Schiffbrüchiger **naufrage**

On ne compte plus les naufragés en Méditerranée.

noyade f Ertrinken **se noyer**

Samedi, l'ONG allemande Sea Watch a sauvé 47 migrants de la noyade.

origine f Herkunft **être originaire de**

Quel est ton pays d'origine ?

passeport m Reisepass

Ils sont arrivés dans ce pays sans passeport.

passeur m Schlepper **passer ; passage**

Le phénomène des passeurs a toujours existé.

pays natal m Geburts-, Heimatland

Sans perspectives d'avenir, les jeunes grecs songent à quitter leur pays natal.

permis de travail m Arbeitserlaubnis **permettre qc à qn ; permission**

Il n'est pas toujours facile d'obtenir un permis de travail au Québec.

racines f pl Wurzeln **être enraciné ; enracinement**

Audrey Hepburn était très fière de ses racines belges.

reconduire qn à la frontière jdn. an die Grenze zurückführen

Entrée illégalement sur le territoire, elle risque d'être reconduite à la frontière.

réfugié m Flüchtling, Geflüchteter **se réfugier ; refuge**

La Journée mondiale des réfugiés a lieu chaque année le 20 juin.

regroupement familial m Familienzusammenführung **regrouper**

Les regroupements familiaux sont en hausse au Luxembourg.

sans-papiers m Ausländer ohne gültige Aufenthaltspapiere auch: sans-papier ; les sans-papiers
Deux sans-papiers algériens ont été arrêtés en Allemagne.

sauvetage en mer m Seenotrettung **sauver**
SOS Méditerranée est une association européenne de sauvetage en mer.

se faire naturaliser Français die frz. Staatsbürgerschaft erwerben, annehmen **naturalisation**
Patrick vient d'entamer les démarches pour se faire naturaliser Français.

vague d'immigration f Einwanderungswelle
Ses parents font partie de la deuxième vague d'immigration.

xénophobie f Ausländerfeindlichkeit **xénophobe**
Y a-t-il une montée de la xénophobie en Europe ?

? **7** *Complétez chaque phrase par un mot appartenant à la même famille que le terme entre parenthèses.*

1. L'Europe doit trouver une réponse au drame des migrants qui continuent à se ________________ en Méditerranée. (noyade)
2. Depuis le référendum de 2016 sur le Brexit, de nombreux Britanniques demandent la ________________ française. (nation)
3. Les ONG qui ________________ les migrants en Méditerranée prennent des risques. (sauvetage)
4. L'afflux de migrants en Europe en 2015 explique l'augmentation des actes ________________ sur le continent. (xénophobie)

5. Les demandeurs d'asile ont souvent peur d'être ______________________.
(expulsion)

6. Des associations alertent sur les traumatismes qu'ont subis de nombreux
______________________. (se réfugier)

7. Grâce au ______________________ familial, sa femme et ses enfants ont pu le rejoindre en France. (se regrouper)

8. Certains hommes politiques disent que les ______________________ viendraient en France pour bénéficier de prestations sociales. (clandestinité)

RAPPORTS HOMMES-FEMMES

#BalanceTonPorc
„Verpfeif dein Schwein" (frz. Pendant zu #MeToo) balancer qn (fam.)
Sur les réseaux sociaux, le hashtag #BalanceTonPorc a délié les langues.

---

agression sexuelle f sexueller Übergriff **agresser ; agresseur/-euse**
Accusé d'agression sexuelle, il se retire de la vie politique.

---

avortement m Abtreibung **avorter**
La loi Veil du 17 janvier 1975 a dépénalisé l'avortement en France.

---

comportement sexiste m sexistisches Verhalten **se comporter**
Les comportements sexistes sont courants au travail.

---

différence de salaire f Einkommensunterschiede **≠ égalité de salaire**
Il existe encore de grandes différences de salaire entre les hommes et les femmes.

---

droits des femmes m pl Frauenrechte
Cette association se mobilise pour les droits des femmes.

égalité des sexes f Gleichstellung der Geschlechter **égal ; égalitaire**
L'égalité des sexes devrait être une priorité.

---

féminicide m Mord an e-r Frau, Ermordung von Frauen
Nous demandons la reconnaissance du féminicide dans le Code pénal.

féminisme m Feminismus **féministe ; féminin**
Simone de Beauvoir est une grande figure du féminisme français.

harcèlement sexuel m sexuelle Belästigung **harceler**
Ce journaliste a été licencié pour harcèlement sexuel.

instaurer des quotas Quoten einführen **instauration**
Faut-il instaurer des quotas de femmes dans les médias ?

IVG (interruption volontaire de grossesse) f
Schwangerschaftsabbruch **interrompre**
Le nombre d'IVG en France reste stable.

machisme m Machomentalität, Männlichkeitswahn **machiste**
Dans le secteur du jeu vidéo, le machisme fait des ravages.

mariage forcé m Zwangsheirat
Selon l'Unicef, les mariages forcés diminuent dans le monde.

misogyne frauenfeindlich **misogynie**
La langue française serait-elle misogyne ?

mixité f Frauenanteil **≠ non-mixité ; mixte**
Au sein des entreprises, la mixité progresse.

parité hommes-femmes f gleicher Anteil von Männern und Frauen **paritaire**
Au Québec, la parité hommes-femmes en politique est encore loin d'être atteinte.

plafond de verre m gläserne Decke
Le plafond de verre limite l'accès des femmes à des postes à responsabilité.

polygamie f Polygamie **≠ monogamie ; polygame**
Sur le territoire français, la polygamie est interdite.

prostitution f Prostitution — **se prostituer**

La prostitution en ligne est de plus en plus répandue.

rapports sexuels m pl Geschlechtsverkehr

En France, 17 ans est l'âge moyen du premier rapport sexuel.

relation consentie f einvernehmlicher Geschlechtsverkehr — **consentir à qc**

Accusé de viol, il évoque une relation « consentie ».

répartition des tâches ménagères f Aufteilung der Hausarbeit — **répartir**

Dans un couple, la répartition des tâches ménagères est souvent inégale.

s'émanciper s. emanzipieren — **émancipation**

Les femmes doivent s'émanciper économiquement.

sexisme ordinaire m Alltagssexismus

Les exemples de sexisme ordinaire ne manquent pas dans le milieu médical.

sous-représenté unterrepräsentiert — **≠ surreprésenté ; sous-représentation**

Dans les médias, la parole des femmes est sous-représentée par rapport à celle des hommes.

tâches domestiques f pl Hausarbeit

Les tâches domestiques reposent majoritairement sur les femmes.

viol m Vergewaltigung — **violer qn**

Ce sportif célèbre a été accusé de viol.

violences conjugales f pl häusliche Gewalt — **violent**

Il faut des mesures fortes pour lutter contre les violences conjugales.

violences faites aux femmes f pl Gewalt gegen Frauen

Les violences faites aux femmes sont une réalité quotidienne.

virilité f Männlichkeit — **viril**

Les hommes ont-ils un problème avec leur virilité ?

8 *Complétez chaque phrase par un mot ou une expression correspondant à la définition donnée entre parenthèses.*

1. La lutte contre les ______________________ doit être une priorité du gouvernement. (meurtre d'une femme)

2. Beaucoup de femmes se heurtent à un ______________________ quand elles prétendent à un poste de direction. (barrière invisible empêchant les femmes d'accéder aux plus hautes fonctions)

3. Sous le hashtag #BalanceTonPorc, de nombreuses femmes ont dénoncé le ______________________ qu'elles subissent au quotidien. (fait d'imposer à qn des propos ou comportements à connotation sexuelle)

4. Dans le football, la ______________________ entre joueurs et joueuses est importante. (inégalités concernant la rémunération)

5. En France, l'______________________ a été dépénalisé en 1975. (interruption volontaire de grossesse)

6. Certaines femmes qui subissent des ______________________ craignent de se séparer de leur compagnon. (maltraitances au sein du couple)

7. Au sein du couple, les ______________________ sont souvent réparties inégalement. (travaux ménagers)

8. Pour garantir la présence de femmes dans les parlements, ______________________ contribue à développer la parité. (imposer un pourcentage déterminé)

PAUVRETÉ

asile de nuit m Obdachlosenasyl, -unterkunft

Cette famille a trouvé refuge dans un asile de nuit.

charité f Wohltätigkeit **charitable ; caritatif, -ive**

Un concert de charité a été organisé au profit des enfants défavorisés d'Haïti.

classes populaires f pl einkommensschwache Schichten

Les classes populaires se sentent délaissées par le gouvernement.

créer du lien social soziale Bindungen schaffen

L'écriture peut créer du lien social.

démuni arm, mittellos

Un spectacle sera organisé en faveur des enfants démunis.

distribuer des repas chauds warme Mahlzeiten verteilen **distribution**

Ce collectif marseillais distribue tous les jours des repas chauds aux sans-abri.

être à la rue auf der Straße leben

Des familles avec enfants sont menacées d'être à la rue dans les Hauts-de-Seine.

faire la manche betteln fam.

Estelle, elle aussi, a fait la manche quand elle avait 18 ans.

famille à faibles revenus f einkommensschwache Familie

Manger équilibré est un défi pour les familles à faibles revenus.

fracture sociale f soziale Kluft, Schere zwischen Arm und Reich **fracturer**

La fracture sociale se creuse dans les grandes villes.

hébergement d'urgence m Notunterkunft **héberger**

À Paris, l'hébergement d'urgence pour les familles est saturé.

HLM (habitation à loyer modéré) m (oder f.) Mehrfamilienhaus mit Sozialwohnungen **habiter ; habitant**

Dans le Pas-de-Calais, les habitants d'un HLM ont dû être relogés.

la Croix-Rouge das Rote Kreuz

La Croix-Rouge recrutera de nouveaux bénévoles à la rentrée prochaine.

les Restos du Cœur m pl frz. Initiative, die während der Wintermonate Mahlzeiten und Kleidung an Bedürftige verteilt

Créés par Coluche dans les années 80, les Restos du Cœur viennent en aide aux plus démunis.

logement social m Sozialwohnung **loger**

La nouvelle maire veut construire des logements sociaux dans ce quartier.

lutte contre la pauvreté f Armutsbekämpfung **lutter contre qc**

La lutte contre la pauvreté est l'un des engagements du gouvernement.

maraude f Runde von Streetworkern durch die Stadt

Des mères de famille ont organisé des maraudes nocturnes dans leur quartier pour lutter contre le trafic de drogue et la violence.

mendiant m Bettler **mendier**

Un jogger offre ses baskets à un mendiant et repart pieds nus.

mesure d'expulsion f Zwangsräumung

La juge a prononcé une mesure d'expulsion à l'encontre du locataire.

milieu défavorisé m sozial schwaches Milieu **≠ favorisé**

Notre mission est de soutenir les jeunes issus de milieux défavorisés.

misère f Elend, Not **misérable**

Comment peut-on les laisser vivre dans une telle misère ?

mourir de froid erfrieren **mort**

Un sans-abri de 66 ans est mort de froid dans le 8e arrondissement de Paris.

---

quartier populaire m Arbeiterviertel **≠ quartier riche**

Dans ce quartier populaire de La Rochelle, le taux de chômage atteint les 32 %.

---

quartier sensible m soziales Brennpunktviertel

Mardi, le ministre de l'Intérieur se rendra dans un quartier sensible de Grenoble.

---

revenu universel m bedingungsloses Grundeinkommen universel, -elle

Depuis quelques années, l'idée de revenu universel est de plus en plus présente dans les médias.

RSA (revenu de solidarité active) m Grundsicherung (Sozialleistung für Arbeitslose u. Geringverdiener)

Quel est le montant du RSA pour une personne seule ?

---

sans-abri m/f Obdachlose/r les sans-abri(s) **abriter**

La baisse annoncée des températures fait craindre le pire pour les sans-abri.

SDF (sans domicile fixe) m/f Obdachlose/r les SDF

Sept SDF sont morts à Tahiti depuis le début de l'année.

---

seuil de pauvreté m Armutsgrenze

Deux millions de travailleurs vivent en dessous du seuil de pauvreté en France.

---

solidaire solidarisch **solidarité**

La ville des Sables-d'Olonne prône une politique solidaire.

---

taudis m Elendsquartier, armselige Behausung

Voilà des années qu'ils vivent à six dans ce taudis en bordure de la capitale.

---

trêve hivernale f vorübergehende Aussetzung von Zwangsräumungen während der Wintermonate **hiver**

La trêve hivernale prendra fin le 1er avril.

? 9 *Pour compléter les phrases, entourez le mot qui convient.*

1. Dans les milieux désavantagés/défavorisés, les familles connaissent souvent des fins de mois difficiles.
2. Parmi les classes pauvres/populaires, le sentiment de déclassement est fort.
3. En Wallonie, plus d'une personne sur cinq vit sous le plafond/seuil de pauvreté.
4. Durant les maraudes/tournées de la Croix-Rouge, des boissons chaudes sont distribuées aux SDF.
5. En hiver, les logements/hébergements d'urgence sont vite saturés.
6. Le maire de Toulouse a pris des mesures drastiques pour chasser les sans-domicile/sans-abri du centre-ville.
7. Léa a peur de se retrouver à l'avenue/la rue.
8. Pendant la trêve/pause hivernale, les locataires ne peuvent pas être expulsés de leur logement.

MINORITÉS

Amérindien m Indianer (aus Nordamerika) Amérindienne
Cette tradition vient des Amérindiens du Québec.

autochtone einheimisch, eingeboren
L'Unesco défend les droits des peuples autochtones.

communauté LGBT f LGBT-Community (Lesbian, Gay, Bisexual and Transgender)
Il y a 50 ans, la communauté LGBT descendait dans les rues de New York.

couleur de peau f Hautfarbe
On l'a insulté en raison de sa couleur de peau.

discrimination f Diskriminierung **discriminer ; discriminatoire**

41 % des jeunes handicapés affirment souffrir de discrimination.

droit à la différence m Recht auf Verschiedenheit, Anderssein **différent**

Je me suis toujours battu pour le droit à la différence.

exclure qn jdn. ausschließen **exclusion**

La nouvelle loi exclut les minorités de la vie politique.

faire son coming-out s. outen

Elle a décidé de faire son coming-out pendant le repas dominical.

genre m Gender, Geschlechtsidentität **genré**

La question du genre agite plus que jamais nos sociétés.

homophobe homophob, homosexuellenfeindlich **homophobie**

Comment faire cesser les chants homophobes dans les stades ?

la Manif pour tous die „Demo für alle" (frz. Protestbewegung gegen die Einführung der Ehe für alle)

Les partisans de la Manif pour tous ont manifesté à Paris.

le mariage pour tous die Ehe für alle, die Homo-Ehe

Le mariage pour tous a été adopté en France en 2013.

les gens du voyage m pl das fahrende Volk; Roma u. a.

Une communauté de gens du voyage s'est installée dans la région.

marche des fiertés f Christopher Street Day, CSD auch: Gay Pride **fier, fière**

À Paris, des dizaines de milliers de personnes défilent pour la marche des fiertés.

mariage homosexuel m Homo-Ehe **homosexualité**

Depuis 2015, le mariage homosexuel est légal au Luxembourg.

métis gemischtethnisch métisse **métissé ; métissage**
« C'est nettement plus facile d'être métis aux États-Unis », confie le rappeur français Booba.

minorité f Minderheit **≠ majorité ; minoritaire**
Les candidats issus des minorités sont-ils désavantagés ?

Noir m Schwarzer
Aux États-Unis, les Noirs sont souvent plus pauvres que les Blancs.

oppression f Unterdrückung **opprimer**
Ce clip de Beyoncé dénonce l'oppression des femmes noires.

orientation sexuelle f sexuelle Orientierung **orienter**
Il assume son orientation sexuelle.

persécution f Verfolgung **persécuter**
Les persécutions envers les chrétiens augmentent dans le monde.

personne handicapée f behinderter Mensch
Il faut encourager la mobilité des personnes handicapées.

peuples indigènes m pl indigene Völker
Des peuples indigènes sont menacés par les feux en Amazonie.

préjugé m Vorurteil
Les préjugés envers les minorités ethniques persistent.

rejet de l'autre m Ablehnung e-s anderen Menschen **rejeter**
Le racisme justifie le rejet de l'autre.

Roms m pl Roma
À Lille, l'intégration des Roms progresse.

ségrégation raciale f Rassentrennung
La ségrégation raciale a longtemps persisté dans les lieux publics aux États-Unis.

stéréotype m Stereotyp
Au Canada, il existe encore beaucoup de stéréotypes envers les autochtones.

tenir des propos racistes rassistische Äußerungen von sich geben **racisme ; race**
Le président des États-Unis est accusé de tenir des propos racistes.

transgenre m/f Transsexuelle/r **transphobie ; transphobe**
À Paris, une transgenre a été agressée.

10 *Remplacez les définitions (passages soulignés) par des mots ou expressions du chapitre « Minorités ».*

1. Le tribunal a condamné une femme qui avait eu un discours anti-Arabes sur les réseaux sociaux.

   ____

2. Julia, jeune femme dont l'identité sexuelle ne correspond pas au sexe biologique, s'est fait agresser à Paris.

   ____

3. Les personnes issues d'un peuple originaire du nord de l'Inde, apparu en Europe au XIVe siècle, sont l'un des groupes les plus marginalisés et les plus persécutés en Europe.

   ____

4. Dans le football, peu de joueurs révèlent leur homosexualité.

   ____

5. Le mouvement LGBT a donné de la visibilité à ceux dont l'orientation sexuelle est minoritaire.

____

6. Les partis d'extrême droite prônent souvent la haine et l'exclusion.

____

7. Dans son livre, l'auteure veut combattre les opinions adoptées sans examen à l'encontre des personnes obèses.

____

8. Métisse et d'origine antillaise, elle s'est souvent sentie rejetée après son arrivée dans l'Hexagone.

____

RELIGION ET LAÏCITÉ

aller à la messe in die Kirche gehen
Nous allons à la messe tous les dimanches.

anticlérical antiklerikal, kirchenfeindlich **anticléricalisme**
Le peintre Gustave Courbet était républicain, très peu académique et surtout anticlérical.

antisémitisme m Antisemitismus **antisémite**
Une manifestation contre le racisme et l'antisémitisme a eu lieu ce dimanche à Berlin.

appartenance religieuse f Religionszugehörigkeit **appartenir à qc**
Le nombre de Suisses sans appartenance religieuse est en hausse.

athée m/f Atheist/in **athéisme**

Une personne qui nie l'existence de Dieu est athée.

avoir la foi gläubig sein

J'ai la foi depuis l'enfance.

baptême m Taufe **baptiser**

Le jour de son baptême, la petite fille portait un vêtement blanc.

catéchisme m christl. Religionsunterricht caté (fam.)

Geneviève enseigne le catéchisme aux enfants de la paroisse.

catholique adj./n. katholisch/Katholik/in catho (fam.) **catholicisme**

L'Église catholique de Guadeloupe fait appel à la générosité de ses fidèles.

chrétien adj./n. m christlich/Christ la chrétienne **christianisme**

Qu'est-ce que la Pentecôte pour les chrétiens ?

clergé m Klerus, Geistlichkeit

La situation du clergé est dramatique en Amazonie.

communautarisme m Leben in ethnisch/religiös/kulturell geprägten Parallelgesellschaften **communauté ; communautaire**

« Le communautarisme, ça n'est pas le terrorisme », a rappelé le chef de l'État.

croire en Dieu an Gott glauben **croyance**

Comment croire en Dieu au XXIe siècle ?

curé m Pfarrer

Le curé de la paroisse est tombé malade cet hiver.

école laïque f

weltliche Schule laïc/laïque (adj. m), laïque (adj. f) ≠ **école confessionnelle**

Jules Ferry est considéré comme le père de l'école laïque en France.

évêque m Bischof

Cet évêque français est parti en mission au Brésil il y a vingt-sept ans.

faire le ramadan den Ramadan einhalten

Peut-on faire le ramadan quand on est malade ?

intégrisme m Fundamentalismus **intégriste**

Le Tadjikistan a fait de la lutte contre l'intégrisme religieux une priorité.

interdire les signes religieux religiöse Zeichen, Symbole verbieten

En France, la loi de 2004 interdit les signes religieux ostensibles dans les écoles publiques.

jeûne m Fasten **jeûner**

Les orthodoxes pratiquent beaucoup plus le jeûne que les catholiques.

Juif m Jude Juive **judaïsme**

L'antisémitisme insécurise les jeunes Juifs européens.

la Pentecôte Pfingsten

À la Pentecôte, on célèbre la descente du Saint-Esprit sur les apôtres.

la Toussaint Allerheiligen

La Toussaint est un jour férié en France.

laïcité f Laizismus, Trennung von Kirche und Staat

La laïcité est le principe de séparation de la société civile et de la société religieuse.

l'Ascension f Christi Himmelfahrt

Pour les chrétiens, l'Ascension fête la montée au ciel de Jésus.

le port du voile das Tragen des Kopftuches **être voilée**

Une nouvelle fois, le port du voile fait polémique.

les fidèles m pl die Gläubigen **fidélité**

Les fidèles se sont déplacés en masse pour assister à la messe du pape.

liberté de conscience f Gewissens-, Glaubensfreiheit

« On doit respecter la liberté de conscience des fidèles », souligne-t-il.

mosquée f Moschee

La façade de la mosquée a été entièrement rénovée.

musulman adj./n. m muslimisch/Muslim

Plus de deux millions de musulmans entament leur pèlerinage à La Mecque.

Noël Weihnachten

Les magasins parisiens commencent déjà à fêter Noël.

non-croyant m Nichtgläubiger, Atheist les non-croyants **≠ croyant**

L'incendie de Notre-Dame de Paris a attristé les croyants et les non-croyants.

office m Gottesdienst, Messe

En fin d'après-midi, le père Gilbert est venu célébrer un office dans la maison de retraite.

pape m Papst **papal ; papauté**

À Madagascar, le pape exalte les cœurs.

Pâques Ostern

Les enfants ont adoré leurs chocolats de Pâques.

paroisse f (Kirchen-)Gemeinde **paroissien/-ienne**

Ce jeune prêtre est en charge de la paroisse depuis quatre mois.

pasteur m Pastor, evangelischer Pfarrer

Angela Merkel est fille de pasteur.

pratiquant m Kirchgänger; jd., der s-e Religion ausübt **pratiquer ; pratique**

Elle est croyante sans être pratiquante.

prêcher predigen **prêche**

Le pape François prêche la réconciliation au Mozambique.

prêtre m Priester, Pfarrer

Après des études de théologie, j'ai failli devenir prêtre.

prière f Gebet **prier**

Samedi, deux femmes imames ont dirigé une prière à Paris.

religieuse f Nonne

Ces religieuses s'investissent auprès de jeunes mères défavorisées.

religieux m Geistlicher

Des religieux dénoncent la politique migratoire de Trump.

sacré heilig; geistlich **sacrement ; sacre**

Le concert de musique sacrée était magnifique.

? **11** *En utilisant les termes du chapitre « Religion et laïcité », complétez le tableau de sorte que chaque ligne forme une famille de mots. Les cases avec un tiret (–) restent vides.*

nom	**verbe**	**adjectif**
		croyant
	baptiser	–
intégrisme	–	
	se voiler	
prière		–
	appartenir	–

	jeûner	–
	–	communautaire
laïcité	–	

SPORTS ET LOISIRS

arbitre m/f Schiedsrichter/in — **arbitrer**

L'arbitre a mis un carton rouge au joueur argentin.

association sportive f Sportverein

On fête les 20 ans de l'association sportive du village.

battre un record einen Rekord brechen

Roger Federer a battu un nouveau record.

blessure f Verletzung — **être blessé**

Remise de sa blessure, la handballeuse revient sur le terrain.

championnat m Meisterschaft — **champion/-ionne**

Toulouse se qualifie pour la finale du championnat de France de rugby.

compétition f Wettbewerb, Wettkampf — **compétitif, -ive**

Ce week-end, j'assisterai à une compétition de boxe.

coupe du monde f Weltmeisterschaft

La coupe du monde de basket s'est déroulée en Chine cette année.

course f Rennen, Wettlauf

La célèbre course automobile des 24 Heures du Mans a été créée en 1923.

défi m Herausforderung — **défier**

Nageur en pleine mer, il relève des défis sportifs pour sensibiliser le public au handicap.

détente f Entspannung **se détendre**
Ces quelques jours de détente en famille nous ont fait beaucoup de bien.

---

discipline sportive f Sportart
Le roller artistique est une nouvelle discipline sportive.

---

divertissement m Unterhaltung **se divertir ; divertissant**
Un complexe de divertissement consacré aux sports électroniques ouvre ses portes à Montréal.

---

dopage m Doping **se doper**
Un ancien cycliste du Tour de France est soupçonné de dopage.

---

entraîneur m Trainer entraîneuse **entraîner ; entraînement**
L'entraîneur motive son équipe avant le match.

équipe f Mannschaft, Team **(co)équipier/-ière**
En 2018, les joueuses de l'équipe de France de handball sont devenues championnes d'Europe.

---

faire de la randonnée wandern rando (fam.) **randonneur/-euse**
Sylviane fait de la randonnée depuis l'âge de vingt ans.

---

footballeur m Fußballspieler la footballeuse **= le joueur de foot(ball)**
Ma fille veut devenir footballeuse.

---

jardinage m Gartenarbeit **jardiner ; jardin**
Les Français aiment le jardinage.

JO (Jeux olympiques) m pl olympische Spiele
Il s'est qualifié pour les JO.

---

la grande boucle die Tour de France **= le Tour de France**
C'est son premier succès sur la grande boucle.

---

les Bleus m pl die frz. Nationalmannschaft les Bleues

Les Bleus fêtent leur 100ᵉ match au Stade de France ce soir.

---

licencié m (Sport) Vereinsmitglied **licence**

De nombreux licenciés du club participaient hier à la course.

---

loisirs m pl Freizeitbeschäftigung, Hobby

Quels sont vos loisirs en dehors du football ?

---

parc d'attraction m Freizeitpark

Europapark est l'un des meilleurs parcs d'attraction d'Europe.

---

passe-temps m Zeitvertreib, Hobby

Son passe-temps préféré est le bricolage.

---

performance f Leistung **performant**

L'entraîneur est satisfait de la performance de son équipe.

Roland Garros die French Open

Le tournoi de Roland-Garros s'achèvera ce dimanche.

---

rugbyman m Rugbyspieler anglic. ; des rugbymans/rugbymen

= le joueur de rugby

Le rugbyman néo-zélandais Zinzan Brooke fut, dans les années 90, l'un des joueurs emblématiques des All Blacks.

---

se dépasser s. selbst übertreffen, über s. hinauswachsen **dépassement (de soi)**

Elles parlent avec passion de la boxe, un sport qui leur permet de se dépasser.

---

sortie culturelle f kultureller Ausflug culturel, -elle

Nous avons participé à une sortie culturelle au musée d'Orsay.

---

sport collectif m Mannschaftssport collectif, -ive

Le hockey sur glace est un sport collectif.

---

sportif de haut niveau m

Leistungssportler sportive de haut niveau **≠ sportif amateur**

Cette sportive de haut niveau collectionne les titres et les médailles.

stade m Stadium

Le Parc des Princes est le stade du Paris Saint-Germain.

supporteur m Fan supportrice ; auch: le supporter **supporter ; support**

Après la victoire, les supporteurs étaient déchaînés.

tennisman m

Tennisspieler anglic. ; des tennismans/tennismen **= le joueur de tennis**

Qui est le plus grand tennisman de tous les temps ?

tournoi m Turnier

128 équipes se sont affrontées au cours de ce tournoi.

? **12** *Trouvez les mots du chapitre « Sports et loisirs » correspondant aux définitions suivantes.*

1. ensemble des joueurs associés ou du même camp pour participer à une compétition, à un match ____________
2. lésion produite par un choc, un coup, etc. ____________
3. personne qui encourage une équipe ____________
4. promenade plutôt longue ____________
5. décontraction, repos, relaxation ____________

6. faire une performance à laquelle on n'était jamais arrivé auparavant ______________________

7. personne qui veille à la régularité d'une compétition ______________________

8. invitation au combat, à une compétition ______________________

9. divertissement ou occupation privilégiée auxquels on s'adonne dans les moments de loisir ______________________

10. épreuve sportive mettant aux prises plusieurs équipes ou concurrents ______________________

3 VIE POLITIQUE EN FRANCE • INSTITUTIONS

Assemblée nationale f Nationalversammlung (Unterkammer des frz. Parlaments)

La loi de finances est débattue à l'Assemblée nationale.

chef d'État m Staatschef la cheffe

La rencontre entre les deux chefs d'État est prévue en début de soirée.

collectivité locale f Gemeinde, Kommune

Les collectivités locales demandent plus d'autonomie à l'État.

Conseil constitutionnel m frz. Verfassungsgericht constitutionnel, -elle

Le Conseil constitutionnel est le gardien de la Constitution.

Conseil d'État m höchstes frz. Verwaltungsgericht u. Beratungsgremium der Regierung in Rechtsfragen

Le Conseil d'État a validé la quasi-totalité de la réforme.

conseiller municipal m Stadtrat la conseillère municipale

Monsieur le maire organisera une réunion, mercredi, avec ses conseillers municipaux.

constitution f Verfassung

Les partis sont divisés sur la réforme de la Constitution.

député m Abgeordneter

Les députés ont voté le projet de loi en pleine nuit.

gouvernement m Regierung **gouverner**

Actuellement, le gouvernement est très porté sur l'écologie.

la Ve République die Fünfte Republik

Le général de Gaulle fut en 1958 le premier président de la Ve République.

le palais de l'Élysée
der Élysée-Palast (Amtssitz des frz. Staatspräsidenten) **= l'Élysée**
Emmanuel Macron reçoit le président colombien au palais de l'Élysée.

---

le Quai d'Orsay Sitz des frz. Außenministeriums
Les diplomates s'inquiètent des baisses du budget du Quai d'Orsay.

---

l'hôtel Matignon m Amtssitz des frz. Premierministers **= Matignon**
L'hôtel Matignon ouvrira ses portes lors des Journées du patrimoine.

---

maire m/f Bürgermeister/in
Les femmes maires sont de plus en plus nombreuses.

---

ministère des Affaires étrangères m Außenministerium
Le site du ministère des Affaires étrangères a été piraté.

---

ministre de l'Intérieur m Innenminister
Le ministre de l'Intérieur a annoncé la mobilisation de 100 000 policiers et gendarmes pour la soirée du 31 décembre.

---

parlement m Parlament **parlementaire**
En France, le Parlement est constitué de l'Assemblée nationale et du Sénat.

---

pouvoir exécutif m Exekutive exécutif, -ive **= l'exécutif**
Le chef de l'État et le gouvernement forment le pouvoir exécutif.

---

pouvoir judiciaire m Judikative
Le pouvoir judiciaire veille à ce que les lois soient respectées.

---

pouvoir législatif m Legislative; Gesetzgebungsbefugnisse législatif, -ive
En Corse, les nationalistes réclament le pouvoir législatif.

Premier ministre m Premierminister
Le Premier ministre a officiellement démissionné hier soir.

---

président de la République m Staatspräsident **présider**
Le président de la République a tenu ses engagements.

---

secrétaire d'État m Staatssekretär la secrétaire d'État
La nouvelle secrétaire d'État au numérique rend visite à une start-up parisienne.

Sénat m Senat (Oberkammer des frz. Parlaments) **sénateur/-trice**
Il ne peut y avoir de réforme constitutionnelle sans l'accord du Sénat.

---

séparation des pouvoirs f Gewaltenteilung **séparer**
La séparation des pouvoirs est un principe démocratique fondamental.

---

siéger tagen **siège ; séance**
Les parlementaires français siègent à Paris.

? 13 *Pour compléter les phrases, entourez le mot qui convient.*

1. Les parlementaires ne siègeront/s'assiéront pas à l'Assemblée nationale aujourd'hui car la séance est suspendue pour travaux.
2. L'Assemblée régionale/nationale a approuvé d'importantes réductions d'impôts.
3. Le président de la République réside au palais/palace de l'Élysée.
4. La séparation des puissances/pouvoirs est l'un des fondements des démocraties modernes.
5. En France, le ministre de l'Intérieur/l'Interne est communément appelé « le premier flic de France ».
6. Les juges, les magistrats et les avocats incarnent le pouvoir juridique/judiciaire.
7. Depuis quelques années, les collectivités/communautés locales doivent se serrer la ceinture.
8. Le Conseil/Tribunal constitutionnel a déclaré non conforme à la Constitution l'augmentation des frais d'inscription à l'université pour les étudiants étrangers.

GOUVERNER ET VOTER LA LOI

abolir abschaffen **abolition**

Victor Schoelcher a lutté pour faire abolir l'esclavage en 1848.

abroger aufheben, außer Kraft setzen

Il n'est pas question d'abroger la loi de 1905 sur la laïcité.

adopter une loi ein Gesetz verabschieden **= voter une loi**

La France va adopter une loi pour l'émancipation économique des femmes.

amendement m Änderungsantrag **amender**

Le gouvernement limite le droit d'amendement des parlementaires.

approuver billigen **approbation**

Cet accord a été approuvé la semaine dernière.

arrêté municipal m städtische Verordnung

En Bretagne, un maire a pris un arrêté municipal anti-pesticides.

cabinet m Kabinett

La ministre des Transports vient de nommer son nouveau directeur de cabinet.

commission f Ausschuss, Kommission

Députés et sénateurs peuvent créer des commissions d'enquête.

Conseil des ministres m Ministerrat

Un ministre allemand participera au Conseil des ministres lundi.

décret m Erlass, Verordnung **décréter**

En France, un décret peut être pris par le président de la République ou le Premier ministre.

dissoudre auflösen **dissolution**

En 1997, Jacques Chirac décide de dissoudre l'Assemblée nationale.

entrer en vigueur in Kraft treten

La réforme du permis de conduire entre en vigueur.

---

hémicycle m Plenarsaal (der frz. Nationalversammlung)

De nombreux députés ont quitté l'hémicycle lors de la dernière séance de questions au gouvernement.

---

interdire verbieten **interdiction**

Faut-il interdire les spectacles d'animaux au cirque ?

Journal officiel m Gesetzblatt officiel, -ielle

La loi a été promulguée au Journal officiel.

---

légalisation f Legalisierung **légaliser ; légal**

Contrairement au Canada, la France n'a pas légalisé le cannabis.

---

légiférer Gesetze erlassen

Il s'agit de légiférer contre les fausses informations.

---

législation f Gesetzgebung; Recht **législature**

La législation française est l'une des plus strictes sur la question du bruit.

---

motion de censure f Misstrauensantrag

Plusieurs députés de l'opposition ont déposé une motion de censure contre le gouvernement.

---

ordonnance f Verordnung, Erlass **ordonner**

L'ordonnance prise par le gouvernement devra être ratifiée par le Parlement.

---

portefeuille m Ressort

Le portefeuille de l'Écologie revient à une personnalité issue de la société civile.

---

prohiber verbieten **prohibition**

La France a prohibé la fessée en 2019.

---

projet de loi m Gesetzentwurf

La ministre de la Santé a dévoilé les grandes lignes du projet de loi sur la bioéthique.

promulguer une loi ein Gesetz verkünden, erlassen **promulgation**

Après un an de débats, la loi logement va enfin être promulguée.

réforme f Reform **réformer**

La réforme scolaire fait l'objet de nombreuses critiques.

rejeter ablehnen **rejet**

Les sénateurs rejettent le projet de loi.

session f Sitzung(speriode) **= séance**

La session extraordinaire de l'Assemblée nationale vient juste de s'achever.

? **14** *Quels sont les équivalents français des mots ou expressions suivants ? Notez-les.*

1. Ressort ______________________
2. billigen ______________________
3. Plenarsaal ______________________
4. ablehnen ______________________
5. in Kraft treten ______________________
6. Gesetzentwurf ______________________
7. ein Gesetz verabschieden
   - ______________________
   - ______________________

8. abschaffen ______________________

9. Gesetze erlassen ______________________

10. ein Gesetz verkünden, erlassen ______________________

PARTIS ET MOUVEMENTS

adhérent m Mitglied **adhérer à qc ; adhésion**
Le nombre d'adhérents des partis traditionnels est en baisse.

aile du parti f Parteiflügel
L'aile droite du parti veut se faire entendre.

alternance f Macht-, Regierungswechsel **alterner**
La droite et le centre prônent l'alternance.

centre m Mitte **centriste**
Le centre aborde les élections municipales sans certitude.

chef du parti m Parteivorsitzender **= leader (auch: leadeur) du parti**
L'élection du chef du parti ne s'est pas déroulée comme prévu.

communiste kommunistisch **communisme ; commun**
Le Parti communiste français (PCF) veut mobiliser les abstentionnistes.

congrès du parti m Parteitag
Le 20e congrès du parti aura lieu le mois prochain.

conservateur konservativ conservatrice **conserver ; conservatisme**
Le Sénat a toujours été considéré comme une chambre conservatrice.

d'extrême droite rechtsextrem **≠ d'extrême gauche ; extrémiste**
Les partis d'extrême droite progressent en Europe.

droite f Rechte

Que va devenir le parti Les Républicains (LR) ? La droite s'interroge sur son avenir.

écologistes m pl Grüne **écologie**

Les écologistes d'Europe Écologie-Les Verts (EELV) ont fait un très bon score lors des élections européennes.

---

fonction f Amt

Il occupe la fonction de maire depuis 2014.

---

gauche f Linke

La France insoumise (LFI), le parti de la gauche radicale, se réunit en assemblée générale le 23 juin.

---

gaulliste m/f Gaullist/in **gaullisme**

Les gaullistes sont les partisans du Général de Gaulle.

---

homme politique m Politiker femme politique

Voici un homme politique engagé et imprévisible.

---

indépendant parteilos **= sans étiquette ; indépendance**

Le candidat indépendant à la mairie de Paris estime qu'il y a trop de touristes dans la capitale.

---

libéral liberal

Certains considèrent que La République en marche (LREM), le parti d'Emmanuel Macron, est trop libéral.

---

meeting m Versammlung, Kundgebung

Il a assisté, comme invité d'honneur, au meeting du maire de Bordeaux.

---

militant m aktives Mitglied **militer ; militantisme**

Les militants du parti votaient ce dimanche pour désigner leur chef de file.

---

opposition f Opposition **s'opposer à qc/qn**

L'opposition veut le départ du ministre de l'Intérieur.

---

parti au pouvoir m Regierungspartei
Le parti au pouvoir annonce une réforme électorale.

partisan m Anhänger; Befürworter
Les partisans d'Emmanuel Macron ont célébré l'élection de leur candidat.

politicien m Politiker péj. ; la politicienne
Encore des scandales de politiciens !

populisme m Populismus **populiste**
Pour cet expert, la montée des populismes est liée à la mondialisation.

progressiste fortschrittlich **progrès**
L'idéologie progressiste fait son chemin.

QG = quartier général m etwa: Parteizentrale
Nous avons fêté sa victoire au QG hier soir.

rassemblement m Zusammenschluss; Sammlungsbewegung **rassembler**
Le Rassemblement national (RN) est le nouveau nom du parti dirigé par Marine Le Pen.

socialiste sozialistisch **social ; société**
Le Parti socialiste (PS) minimise sa défaite aux élections.

? **15** *Complétez les phrases par des mots du chapitre « Partis et mouvements ».*

1. Les jeunes ne croient plus en la politique. Beaucoup d'entre eux en ont assez des promesses en l'air des ______________________.

2. Les hommes politiques doivent trouver la parade face à la montée des ______________________.

3. Il est maire sans ________________ d'une petite commune depuis 36 ans.

4. Face à l'urgence climatique, les ________________ connaissent un succès grandissant.

5. Lors de son discours au ________________ du parti, le patron de LR a critiqué le chef de l'État.

6. Les ________________ sont plus que jamais partagés quant à l'avenir du parti.

7. La plupart des ________________ LREM appartiennent aux classes moyennes supérieures et travaillent dans le privé.

8. Les propos d'________________ droite trouvent de plus en plus d'écho sur les réseaux sociaux.

ÉLECTIONS

abstention f Stimmenthaltung; Wahlabstinenz **s'abstenir**
L'abstention a battu des records aux dernières élections.

abstentionniste m/f Nichtwähler/in **abstentionnisme**
« À quoi bon aller voter ? », se demandent les abstentionnistes.

bulletin de vote m Stimmzettel
Plus de 40 millions de Français étaient invités hier à glisser leur bulletin de vote dans l'urne.

bureau de vote m Wahllokal
Les bureaux de vote ont ouvert aujourd'hui à 9h.

campagne électorale f Wahlkampf
Depuis ce dimanche, la campagne électorale est officiellement lancée.

circonscription électorale f Wahlkreis
La France est divisée en 577 circonscriptions électorales.

donner sa voix à qn jdm. seine Stimme geben, jdn. wählen **= voter pour qn**
Je ne donnerai pas ma voix à n'importe qui !

droit de vote m Wahlrecht
En France, il faut avoir au moins 18 ans pour pouvoir voter.

élections européennes f pl Europawahl auch: les européennes
Les premières estimations des élections européennes sont connues.

élections législatives f pl Parlamentswahlen auch: les législatives
L'extrême droite réalise une percée lors des élections législatives.

élections municipales f pl Kommunalwahlen auch: les municipales
La bataille des élections municipales s'annonce serrée.

élection présidentielle f pl Präsidentschaftswahl auch: la présidentielle
L'élection présidentielle passionne les médias de tous bords.

élections régionales f pl Regionalwahlen auch: les régionales
Un ancien militant séparatiste se présente aux élections régionales basques.

électorat m Wählerschaft **électeur/-trice**
L'électorat de ce parti est plus âgé et plus conservateur que celui de ses concurrents.

élu (local) m (Lokal-, Kommunal-)Politiker; Abgeordneter **élire qn**
Qui sont les élus locaux qui soutiennent le gouvernement ?

entre-deux-tours m Zeitraum zw. zwei Wahlgängen
Le débat de l'entre-deux-tours de l'élection présidentielle est très attendu.

être en ballottage in die Stichwahl kommen **ballotter**
Un écart de seulement 781 voix sépare les deux candidats en ballottage.

fief (électoral) m Wählerhochburg fig.

Il a établi son fief électoral à Marseille.

---

fraude électorale f Wahlfälschung, -betrug **frauder**

Certains leaders politiques crient à la fraude électorale.

---

inscrit in die Wählerliste eingetragen **inscrire ; inscription**

Élections européennes : 47,1 millions d'électeurs inscrits en France

---

intention de vote f Wahlabsicht **intentionné**

Selon un récent sondage, le parti de Marine Le Pen est en tête des intentions de vote.

---

isoloir m Wahlkabine **s'isoler**

Des isoloirs sont installés dans les prisons pour encourager le vote des détenus.

---

majorité absolue f absolute Mehrheit

Avec 8 voix contre 3, ce chef d'entreprise a été élu maire à la majorité absolue.

---

mandat m Amtszeit **mandater qn ; mandataire**

François Hollande renonce à se présenter pour un second mandat.

---

mode de scrutin m Wahlsystem

Ce mode de scrutin doit permettre de former des majorités stables.

---

primaire f (innerparteiliche) Vorwahlen **premier**

Sept candidats participent aux primaires de la droite et du centre.

---

quinquennat m fünfjährige Regierungszeit des frz. Staatspräsidenten

L'ancien président défend le bilan de son quinquennat.

---

raz-de-marée m Erdrutschsieg

C'est un véritable raz-de-marée électoral !

---

scrutin majoritaire m Mehrheitswahl

Dans un scrutin majoritaire, le candidat ou la liste ayant obtenu le plus de voix est élu/e.

---

scrutin proportionnel m Verhältniswahl proportionnel, -elle **proportion**

Nos députés européens sont élus au scrutin proportionnel.

---

se porter candidat à une élection

bei einer Wahl kandidieren, s. zur Wahl stellen **candidater ; candidature**

Elle a décidé de se porter candidate à l'élection présidentielle.

---

sondage m Umfrage **sonder ; sondeur/-euse**

Les sondages d'opinion la donnent gagnante.

---

suffrage nul m ungültige Stimme nul, nulle

Il a recueilli quatorze voix sur quinze votants (un suffrage nul).

---

suffrage universel m allgemeines Wahlrecht universel, -elle

Faut-il remettre en cause l'élection du président de la République au suffrage universel ?

---

suffrages exprimés m pl abgegebene gültige Stimmen

Cette candidate a été élue avec 100 % des suffrages exprimés.

---

tête de liste m/f Spitzenkandidat/in

Connaissez-vous les 34 têtes de liste des élections européennes et leur programme ?

---

tour m Wahlgang

Le maire sortant a été élu au premier tour.

---

voter blanc einen leeren Stimmzettel abgeben

En déposant un bulletin vide dans l'urne, il a voté blanc.

? 16 *Complétez chaque phrase par un mot appartenant à la même famille que le terme entre parenthèses.*

---

1. Les ______________ donnent les conservateurs gagnants aux prochaines municipales. (sondeur)

2. Faute d'alternatives, il a donné sa ________________ à Emmanuel Macron au deuxième tour de l'élection présidentielle de 2017. (voter)

3. Afin de garantir le vote secret, l'________________ permet de voter à l'abri des regards indiscrets. (s'isoler)

4. Ces dernières années, une partie de l'________________ traditionnel de la gauche s'est tourné vers l'extrême droite. (électeur)

5. Le grand nombre d'________________ aux dernières élections a de quoi inquiéter. (abstentionnisme)

6. Incivilités, injures, menaces, agressions physiques…

   Les ________________ locaux sont de plus en plus exposés aux actes de violence. (élire)

7. À cinq jours des européennes, le Rassemblement national est en tête des

   ________________ de vote. (intentionné)

8. Bien qu'il ait remporté la ________________ de la gauche avec un score prometteur, le candidat a déçu ses supporteurs lors de la présidentielle. (premier)

VIE CITOYENNE

association f Verein, Organisation — **s'associer à qn ; associatif, -ive**
Nous soutenons plusieurs associations humanitaires.

---

banderole f Transparent, Spruchband
Greenpeace déploie une banderole sur la tour Eiffel.

---

blocage m Blockade — **bloquer**
Quelques dizaines d'établissements sont touchés par le blocage des lycées.

---

cause f Anliegen, Belange
Elle écrit une chanson pour défendre la cause des migrants.

---

citoyen m (Staats-)Bürger la citoyenne **citoyenneté**
L'environnement est la principale préoccupation des citoyens européens.

---

cortège de manifestants m Demonstrationszug
La police a dispersé le cortège de manifestants.

---

débat m Debatte **débattre**
Le débat sur la politique migratoire aura bientôt lieu à l'Assemblée nationale.

---

défenseur m/f
Verfechter/in, Verteidiger/in auch: la défenseure/défenseuse **défendre ; défense**
L'Europe est devenue le défenseur mondial des droits sur Internet.

---

descendre dans la rue auf die Straße gehen
Les étudiants appellent à descendre de nouveau dans la rue.

---

désobéissance civile f ziviler Ungehorsam **désobéir**
Ces militants écologistes multiplient les actions de désobéissance civile.

---

devoirs civiques m pl Bürgerpflichten **= devoirs du citoyen**
Voter est un droit, c'est aussi un devoir civique.

---

droits civiques m pl Bürgerrechte **= droits du citoyen**
Martin Luther King a passé sa vie à lutter pour les droits civiques des Afro-Américains.

---

droits de l'homme m pl Menschenrechte
Dans ce pays, les atteintes aux droits de l'homme sont en hausse.

égalité des droits f Gleichberechtigung **égal ; égalitaire**
Notre association réclame l'égalité des droits pour les femmes dans le monde.

---

lettre ouverte f offener Brief
Dans une lettre ouverte, des artistes s'adressent à la ministre de la Culture.

---

l'opinion (publique) f die öffentliche Meinung, Öffentlichkeit
L'opinion publique est de plus en plus divisée sur le sujet.

---

manifestation f Demonstration manif (fam.) **manifester ; manifestant**
Les syndicats promettent une grande manifestation nationale.

---

marche f Marsch **marcher**
Les Polynésiens se joignent à la marche pour le climat le 21 septembre.

---

militant adj./n.m. engagiert/Aktivist **militer ; militantisme**
Un ancien militant nationaliste a été abattu en Corse.

---

mobilisation f Mobilisierung **mobiliser qn**
Le secrétaire général de l'ONU appelle à une plus forte mobilisation internationale pour l'Amazonie.

---

mouvement de contestation m Protestbewegung **contester**
Le mouvement de contestation étudiant se durcit.

ONG = organisation non gouvernementale f
NGO, Nichtregierungsorganisation
Les ONG environnementales boycotteront le sommet du G7.

---

opposant m Gegner **s'opposer à qc/qn**
En Guyane, les opposants au projet de mine d'or se mobilisent.

---

pancarte f Schild
Sur les pancartes des manifestants, on pouvait lire des slogans très inventifs.

---

plébisciter (mit großer Mehrheit) befürworten **plébiscite**
Ce moyen de déplacement est plébiscité par la population locale.

---

référendum m Referendum, Volksentscheid

La proposition de loi ne sera finalement pas soumise à un référendum.

société civile f Zivilgesellschaft

Des représentants de la société civile ont rencontré le chef de l'État.

tract m Flugblatt **tracter**

Dans le Gard, un maire interdit la distribution de tracts en centre-ville.

tribune f Gastbeitrag

Dans une tribune au Monde, des architectes dénoncent le projet de rénovation de la gare du Nord à Paris.

zadiste m/f militanter Besetzer e-r ZAD (= zone à défendre)

Sans la mobilisation des zadistes, l'aéroport de Notre-Dame-des-Landes, près de Nantes, aurait certainement été construit.

? **17** *En utilisant les termes du chapitre « Vie citoyenne », complétez le tableau de sorte que chaque ligne forme une famille de mots. Les cases avec un tiret (–) restent vides.*

nom	verbe	adjectif
	désobéir	–
	manifester	–
	contester	–
débat		–
égalité	–	
	tracter	–

plébiscite		–
	défendre	–
	s'associer	

POLICE ET JUSTICE

accusé m Angeklagter **accuser qn de qc ; accusation**

L'accusé plaide coupable.

amende f Geldstrafe

Facebook est condamné à une amende de 5 milliards de dollars.

arrêter qn jdn. festnehmen, verhaften **arrestation**

Un jour ou l'autre, il se fera arrêter.

avocat m Anwalt

Son avocat conteste le verdict.

avouer gestehen **aveu**

Le principal suspect a tout avoué hier soir.

barreau m Anwaltskammer

Cet avocat au barreau de Paris connaît particulièrement bien les dossiers de terrorisme.

clamer son innocence s-e Unschuld beteuern **innocenter ; innocent**

Le gendre de la milliardaire clame son innocence.

code pénal m Strafgesetzbuch **≠ Code civil**

Le gouvernement veut créer un code pénal pour les mineurs.

commettre un crime ein Verbrechen begehen

Une arme à feu a été utilisée pour commettre le crime.

condamner qn à mort jdn. zum Tode verurteilen **condamnation**

Combien de Français sont condamnés à mort en Irak ?

---

contravention f Strafzettel; Geldstrafe

Un agriculteur reçoit une contravention pour un tracteur garé… à Paris.

---

corruption f Bestechung **corrompre ; corruptible**

Stop à la corruption de nos dirigeants !

---

criminel m Verbrecher criminelle **criminalité**

Ce criminel de guerre a été condamné à la prison à vie.

CRS (membre d'une compagnie républicaine de sécurité) m Bereitschaftspolizist

Des manifestants écologistes ont été évacués violemment par les CRS.

---

déclarer qn non coupable jdn. freisprechen

L'accusé a finalement été déclaré non coupable.

---

défense f Verteidigung **défendre**

La défense rejette les accusations d'enrichissement personnel.

---

délinquant adj./n. m. straffällig/Straftäter **délinquance**

Lors de ces manifestations, des délinquants ont agressé les forces de l'ordre.

---

délit m Straftat

Proférer des paroles homophobes est un délit.

---

détention provisoire f Untersuchungshaft **détenir qn**

La jeune femme, placée en détention provisoire depuis vendredi, a été libérée.

---

enfreindre qc gegen etw. verstoßen **infraction**

La municipalité de Roubaix a enfreint la loi sur la parité.

---

enquête f Ermittlung **enquêter ; enquêteur/-euse**

L'enquête sur l'incendie de Notre-Dame progresse pas à pas.

---

faire appel Berufung einlegen

« On va faire appel », a réagi le rappeur à l'issue du jugement.

---

forces de l'ordre f pl Ordnungskräfte; Polizei

Les conditions de travail des forces de l'ordre sont déplorables.

---

garde à vue f Polizeigewahrsam **garder ; gardien/-ienne**

Depuis hier, une figure locale des gilets jaunes est placée en garde à vue.

---

gendarmerie nationale f frz. Gendarmerie

La gendarmerie nationale veille à la sécurité publique dans les zones rurales.

---

incarcérer inhaftieren **incarcération**

Un homme de 27 ans est incarcéré après avoir provoqué un accident mortel.

---

juge m/f Richter/in **juger ; jugement**

Mayotte : quatre personnes devant le juge après la mort d'un lycéen

---

la Cour pénale internationale der Internationale Gerichtshof

Il comparaît devant la Cour pénale internationale pour « crimes contre l'humanité ».

---

maintien de l'ordre m Aufrechterhaltung der öffentl. Ordnung **maintenir**

Maintien de l'ordre : à quoi servent les drones ?

---

parquet m Staatsanwaltschaft

Un nationaliste en fuite se livre au parquet de Bastia.

---

partie civile f (Neben-)Kläger/in

Son ex-compagne va se porter partie civile.

---

peine de mort f Todesstrafe **= peine capitale**

En France, la peine de mort a été abolie en 1981.

---

peine d'emprisonnement f Haftstrafe

Ils écopent d'une peine d'emprisonnement de six mois.

---

plaider coupable s. schuldig bekennen **culpabilité**

Prise de remords, elle se dénonce et plaide coupable.

porter plainte Anzeige erstatten **se plaindre ; le plaignant**

Plusieurs maires veulent porter plainte contre Total, le géant de l'énergie.

prévenu m Beschuldigter, Beklagter

Au Mans, un prévenu tire dans le bureau du juge.

prison ferme f Gefängnis(strafe) ohne Bewährung **emprisonner**

Le criminel a été condamné à deux ans de prison ferme.

procédure judiciaire f Gerichtsverfahren **procéder à qc ; procédurier, -ière**

Consulter en ligne une procédure judiciaire est désormais possible.

procureur m/f Staatsanwalt/-anwältin auch: la procureure

Le procureur a requis des peines lourdes.

PV = procès-verbal m Strafzettel

Les PV de stationnement sont en augmentation constante.

relâcher qn jdn. freilassen

Dans l'attente de son procès, le trentenaire a été relâché.

résidence surveillée f Hausarrest **résider**

L'ancien patron de Renault, Carlos Ghosn, va être placé en résidence surveillée.

saisir la justice vor Gericht gehen

Ce collectif féministe veut saisir la justice.

sursis m Bewährung

Un professeur des écoles vient d'être condamné à quatre mois de prison avec sursis.

suspect m Verdächtiger **suspecter qn**

Un suspect de l'attentat de Nice a été remis en liberté.

témoigner aussagen **témoignage ; témoin**

Une victime de violences conjugales témoigne devant la justice.

traduire qn en justice jdn. vor Gericht bringen

« Il faut traduire en justice les auteurs de ces actes », selon Amnesty International.

trafic de drogue m Drogenhandel **= trafic de stupéfiants**

La police a démantelé un vaste trafic de drogue.

tribunal m Gericht

Ce tribunal est composé de trois magistrats professionnels.

verdict m Urteil **= jugement**

Le verdict vient de tomber : il est reconnu coupable.

? 18 *Trouvez pour chaque phrase la fin qui convient.*

1. Les syndicats de police dénoncent un malaise grandissant	**a)** déclarée non coupable.
2. Après avoir renversé un piéton, le chauffard a été placé	**b)** l'enquête.
3. La juge l'a condamné à trois ans de	**c)** son innocence.
4. Faute de preuves, l'accusée a été	**d)** plaidé coupable.
5. Étant donné l'atrocité des crimes commis, le parquet demande une peine	**e)** porté plainte.
6. Il a été impliqué dans une affaire de corruption, comme l'a révélé	**f)** la peine de mort.

7. Face à des preuves accablantes, elle a finalement	g) en garde à vue.
8. Malgré des preuves accablantes, il continue à clamer	h) d'emprisonnement à vie.
9. Accusée de trafic de drogue en Indonésie, elle encourt	i) chez les forces de l'ordre.
10. Après l'incendie de l'usine, les riverains ont	j) prison ferme.

1. ____ 2. ____ 3. ____ 4. ____ 5. ____

6. ____ 7. ____ 8. ____ 9. ____ 10. ____

4 MONDE DU TRAVAIL • CHERCHER UN EMPLOI

agence d'intérim f Zeitarbeitsfirma — **intérimaire**

Une agence d'intérim, spécialisée dans les métiers de la santé, vient d'ouvrir à Mâcon.

---

aptitudes f pl Fähigkeiten — **être apte à qc**

Aucune aptitude particulière n'est requise pour ce poste.

---

avoir un bon relationnel gut mit Menschen (umgehen) können

Pour travailler dans la vente, il faut avoir un bon relationnel.

---

candidature spontanée f Initiativbewerbung — **candidater ; candidat**

Nous avons déjà reçu des centaines de candidatures spontanées.

CDD (contrat à durée déterminée) m befristeter Arbeitsvertrag

Voilà trois ans qu'elle cumule les CDD.

CDI (contrat à durée indéterminée) m unbefristeter Arbeitsvertrag

« Passé 40 ans, cela devient compliqué de décrocher un CDI », confie Guerline.

---

centres d'intérêt m pl Interessen(gebiet) — **intéresser qn**

Pourriez-vous me parler de vos centres d'intérêt ?

---

chasseur de têtes m Headhunter la chasseuse de têtes — **chasser**

Son profil est très recherché : les chasseurs de têtes la contactent en permanence.

---

chômeur m Arbeitsloser la chômeuse — **chômer**

Le nombre de chômeurs a légèrement diminué au troisième trimestre.

---

compétences f pl Kompetenzen — **compétent**

Il a toutes les compétences pour ce job.

---

contrat de travail m Arbeitsvertrag

Je viens juste de signer mon premier contrat de travail.

convoquer qn à un entretien d'embauche jdn. zu e-m Vorstellungsgespräch einladen **convocation**

Sa femme a été convoquée à un entretien d'embauche près de Nîmes.

création d'emploi f Schaffung e-s Arbeitsplatzes **= création de poste ; créer**

Alors que l'économie européenne est au ralenti, les créations d'emploi en France continuent de progresser.

CV (curriculum vitæ) m Lebenslauf

Clément a valorisé son expérience bénévole sur son CV.

demandeur d'emploi f Arbeitssuchender la demandeuse d'emploi

Un espace pour les demandeurs d'emploi vient d'ouvrir dans cette commune bretonne.

développer son réseau professionnel sein berufliches Netzwerk ausbauen, netzwerken **= réseauter ; réseautage**

Il ne suffit pas de développer son réseau professionnel, il faut aussi l'entretenir.

diplôme m Diplom, Abschluss **être diplômé**

Finalement, ses diplômes universitaires ne lui auront pas beaucoup servi.

dossier de candidature m Bewerbungsunterlagen

Un dossier de candidature solide reste votre meilleur atout.

embaucher qn jdn. einstellen **= engager qn ; embauche**

Un employeur n'a pas le droit d'embaucher une personne sur des critères physiques.

être au chômage arbeitslos sein **= être sans emploi**

Depuis qu'il est au chômage, il déprime.

être en période d'essai in der Probezeit sein

Sur les 86 salariés de l'entreprise, cinq sont en période d'essai.

expérience professionnelle f Berufserfahrung

Il faut avoir une expérience professionnelle de six mois minimum pour participer à ce programme.

---

job d'été m Ferienjob anglic. fam.

Comment trouver un job d'été à la dernière minute ?

---

lettre de motivation f Bewerbungsschreiben, Anschreiben **être motivé**

Écrire une lettre de motivation est un exercice délicat.

---

lettre de recommandation f Empfehlungsschreiben **recommander**

Encore peu utilisée, la lettre de recommandation est pourtant un document utile qui augmente les chances de décrocher un poste.

---

marché du travail m Arbeitsmarkt

Les jeunes de la génération Z débarquent sur le marché du travail.

---

mettre son CV en ligne s-n Lebenslauf online stellen

Mettre son CV en ligne est devenu une pratique courante.

---

petit boulot m Gelegenheitsjob, Nebenjob fam.

À ton âge, ton père enchaînait les petits boulots.

---

piston m Vitamin B, Beziehungen fam. **pistonner qn, se faire pistonner (fam.)**

En Grèce, le piston reste bien trop souvent la règle.

Pôle emploi Arbeitsagentur, Jobcenter

Chômage : Pôle emploi publie ses derniers chiffres

---

poste vacant m freie Stelle **vacance**

Dans la crèche de ma fille, deux postes vacants sont à pourvoir au plus vite.

---

postuler à un emploi s. um eine Stelle bewerben

Quels sont les diplômes requis pour postuler à un emploi de community manager ?

---

prérequis m Voraussetzung

Cette formation dure 13 mois et n'exige aucun prérequis.

recruter qn jdn. einstellen; jdn. anwerben **recrutement**

Les agences de voyages peinent de plus en plus à recruter du personnel.

répondre à une offre d'emploi s. auf e-e Stellenanzeige bewerben **réponse**

Pour répondre à cette offre d'emploi, merci d'envoyer votre CV et une lettre de motivation à l'adresse suivante…

se reconvertir e-e Umschulung machen **reconversion**

Après dix-huit ans d'armée, il s'est reconverti dans la boulangerie.

s'inscrire au chômage s. arbeitslos melden **inscription**

Je me suis inscrite au chômage avec un baccalauréat pour seul bagage.

sous-qualifié

unterqualifiziert; unterfordernd **≠ surqualifié ; qualification**

Diplômée en management, elle a trouvé un emploi sous-qualifié, « et sous-payé », dit-elle.

tâches f pl Aufgaben **= missions**

Le multitasking – ou l'art d'accomplir plusieurs tâches à la fois – est épuisant pour le cerveau.

toucher le chômage Arbeitslosengeld bekommen

Après ma thèse, j'ai pu toucher le chômage.

? **19** *En utilisant les termes du chapitre « Chercher un emploi », complétez le tableau de sorte que chaque ligne forme une famille de mots. Les cases avec un tiret (–) restent vides.*

nom	verbe	adjectif
	réseauter	–
	candidater	–
aptitudes	–	
piston		–
	convoquer	–
	chômer	–
vacance	–	
reconversion		–
	embaucher	–

VIE AU TRAVAIL

boîte f Firma, Betrieb fam.

Il y a toujours eu une ambiance agréable au sein de cette boîte.

cadre (supérieur) m leitender Angestellter, Führungskraft

Un cadre sur deux estime avoir déjà souffert d'un burn-out.

chef de service m Abteilungsleiter la cheffe de service

Elle a été promue cheffe de service.

collaborateur m (freier) Mitarbeiter la collaboratrice **collaborer ; collaboration**
Certains de nos collaborateurs pourraient quitter volontairement l'entreprise.

collègue m/f Kollege/Kollegin
D'après une étude américaine, déjeuner avec ses collègues de bureau permettrait d'avoir de meilleurs résultats professionnels.

conditions de travail f pl Arbeitsbedingungen
Les conditions de travail dans ton ancienne entreprise étaient difficiles.

congé maternité m Mutterschaftsurlaub, Mutterschutz auch: le congé de maternité **congé paternité**
Pour beaucoup de femmes enceintes, le congé maternité est trop court.

déjeuner d'affaires m Geschäftsessen
La brasserie de la gare est idéale pour les déjeuners d'affaires.

demander une augmentation de salaire
e-e Gehaltserhöhung fordern **augmenter**
Sa collègue a enfin demandé une augmentation de salaire.

directeur adjoint m stellvertretender Leiter la directrice adjointe
Il a été récemment nommé directeur adjoint de Citroën, en charge du développement international.

employeur m Arbeitgeber employeuse **employer qn**
Tout employeur se doit d'assurer la sécurité de ses salariés au sein de l'entreprise.

espace de coworking m Coworking Space anglic.; auch: espace de travail partagé **le coworker**
En France, il existe des centaines d'espaces de coworking.

être en congé maladie
krankgeschrieben sein auch: congé de maladie **= être en arrêt maladie**
L'instituteur de mon fils est en congé maladie depuis mai.

être en RTT (réduction du temps de travail) f Überstunden abfeiern **réduire**

Ce vendredi après-midi, l'atelier est vide, les salariés sont en RTT.

---

faire des heures supplémentaires Überstunden machen fam.: heures sup

« Très souvent, nous faisons des heures supplémentaires », témoigne le jeune médecin.

---

fiche de paie f Gehaltsabrechnung auch: fiche de paye **= bulletin de salaire**

Savez-vous décrypter votre fiche de paie ?

---

formation continue f Weiter-, Fortbildung **se former ; formateur/-trice**

Selon une étude, les Suisses consacrent peu de temps à la formation continue.

---

gagner sa vie s-n Lebensunterhalt verdienen

Mes parents ont du mal à s'imaginer qu'on puisse gagner sa vie en jouant aux jeux vidéo.

---

horaires de travail m pl Arbeitszeiten

Tout le monde n'a pas la chance de pouvoir choisir ses horaires de travail.

---

la direction die (Betriebs-)Leitung **diriger**

À Noël, la direction nous a offert des chocolats.

---

licencier qn jdn. entlassen **licenciement**

Il a été licencié pour avoir tenu des propos extrémistes, racistes et islamophobes sur Facebook.

---

manageur m Manager

la manageuse (auch: le manager) **manager (une équipe) ; management**

Cette école de commerce forme des manageurs du Web.

---

mi-temps m Halbtagsstelle

Elle a décroché un mi-temps dans un cabinet d'avocats.

---

obtenir une prime e-n Zuschlag, e-e Zulage bekommen

Depuis que j'ai obtenu cette prime, je me sens davantage reconnue dans mon travail.

open-space m Großraumbüro anglic.

Comment supporter le bruit quand on travaille dans un open-space ?

partir en retraite in Rente gehen **retraité**

Un Français sur deux part en retraite avant 62 ans.

patron m Chef la patronne

Mark Zuckerberg est le patron de Facebook.

PDG (président-directeur général) m/f Generaldirektor/in

La PDG a annoncé que le groupe de presse allait se séparer de 250 journalistes.

pointer stechen **pointage ; pointeuse**

Tous les matins, je pointe à sept heures.

prendre un jour de congé s. einen Tag freinehmen

Cet ingénieur de 62 ans a pris un jour de congé pour assister à la manifestation.

promotion f Beförderung **promouvoir**

Sa promotion a suscité des jalousies parmi ses collègues.

remettre sa démission s-e Kündigung einreichen **démissionner**

En principe, tout salarié en CDI peut remettre sa démission quand bon lui semble, sans avoir à justifier sa décision.

remplacement m Vertretung **remplacer ; remplaçant**

Elle a fait un remplacement de quelques jours à l'accueil d'un hôpital.

rémunération f Bezahlung, Vergütung **rémunérer qn**

Pour protester contre leurs salaires, des enseignants français affichent leurs rémunérations sur les réseaux sociaux.

responsable m/f Verantwortliche/r **responsabilité**

La présentation, assurée par le responsable du projet, a duré moins de dix minutes.

---

salaire mensuel m Monatsgehalt mensuel, -elle

En 2018, le salaire mensuel net moyen des Français s'élevait à 2250 euros.

---

salle de réunion f Besprechungszimmer **se réunir**

Les écrans ont depuis longtemps fait leur apparition dans les salles de réunion.

---

semaine de 35 heures f 35-Stunden-Woche

Les lois Aubry ont progressivement mis en place la semaine de 35 heures en France entre 1998 et 2002.

SMIC (salaire minimum interprofessionnel de croissance) m Mindestlohn

Pour 92 % des Français, il faudrait augmenter le smic.

---

supérieur m Vorgesetzter **supériorité**

Deux employées d'une mairie ont porté plainte contre leur supérieur.

---

télétravail m Homeoffice **télétravailleur/-euse**

La pratique du télétravail se développe dans les entreprises.

---

temps plein m Vollzeit(beschäftigung) auch: un plein temps, un temps complet

De plus en plus de jeunes parents travaillent à temps plein.

---

travailler à temps partiel

Teilzeit arbeiten partiel, -ielle ≠ **travailler à temps plein/à plein temps**

De nombreuses femmes choisissent de travailler à temps partiel pour concilier vie de famille et vie professionnelle.

---

vie active f Berufsleben actif, -ive **activité**

Une étude montre que les Belges sont moins heureux au moment d'entrer dans la vie active.

? 20 *Trouvez pour chaque phrase la fin qui convient.*

1. Enceinte de 9 mois, Lise sera bientôt en
2. Pendant la grève des transports, certains salariés
3. À la suite du rachat de leur entreprise, de nombreux salariés
4. Pour le mariage de son meilleur ami, il
5. Après des résultats très encourageants, les salariés
6. Jugeant sa paye peu élevée, elle a demandé une
7. Les syndicats sont vent debout contre la suppression de
8. Atteint d'une grippe sévère, Laurent est actuellement
9. La Poste : un documentaire met en lumière les mauvaises
10. Après 40 ans de vie active, Édouard est content de

a) a pris un jour de congé.
b) augmentation de salaire.
c) la semaine de 35 heures.
d) en congé maladie.
e) conditions de travail.
f) congé maternité.
g) ont été licenciés.
h) partir en retraite.
i) ont obtenu une prime.
j) font du télétravail.

1. ____ 2. ____ 3. ____ 4. ____ 5. ____

6. ____ 7. ____ 8. ____ 9. ____ 10. ____

SECTEURS ET MÉTIERS

artisan m Handwerker **artisanat ; artisanal**

Cet artisan nous a ouvert les portes de son atelier.

autoentrepreneur m

Inhaber e-s Einpersonenbetriebs une autoentrepreneuse **autoentreprise**

Les autoentrepreneurs n'ont jamais été aussi nombreux.

BTP (bâtiment et travaux publics) m Baugewerbe

Le secteur du BTP recrute.

commerçant m Händler **commerce**

Les commerçants du centre-ville de Saint-Étienne attendaient ce premier jour des soldes avec impatience.

commercial m Vertreter **commercialiser**

Un bon commercial connaît les caractéristiques et les avantages des produits qu'il propose.

élevage m Viehzucht **élever ; éleveur/-euse**

Sandra, 34 ans, s'est lancée dans l'élevage de chèvres angoras.

employé de bureau m Büroangestellter **employer ; emploi**

Les employés de bureau passent en moyenne sept heures par jour assis devant leur ordinateur.

exploitation agricole f landwirschaftlicher Betrieb **exploiter**

Dans la nuit de samedi à dimanche, une exploitation agricole de 1500 m² est partie en fumée.

fonction publique f öffentlicher Dienst

La fonction publique ne fait pas rêver les jeunes.

fonctionnaire m/f Beamte/r

Des milliers de fonctionnaires sont descendus dans la rue ce mardi pour réclamer des hausses de salaire.

fonder une start-up ein Start-up gründen anglic. **fondateur/-trice**

Il a fondé une start-up spécialisée dans la vente d'accessoires pour smartphones.

free-lance m/f Freiberufler/in anglic.

85 % des free-lance travaillent au moins huit heures le week-end.

gérant (de succursale) m Filialleiter **gérer ; gérance**

La gérante du magasin confirme que les affaires sont bonnes.

indépendant frei(schaffend), selbstständig ≠ **dépendant ; indépendance**

Le photographe indépendant Olivier Coret a immortalisé le mouvement des gilets jaunes.

intermittent du spectacle m freischaffender Künstler; in der Unterhaltungsbranche auf Produktionsdauer Beschäftigter

272 000 intermittents du spectacle ont été recensés en France en 2017.

jeune pousse f Start-up

Pazzi est une jeune pousse française qui a créé un robot capable de confectionner 100 pizzas à l'heure.

l'agroalimentaire m der Lebensmittelsektor

L'agroalimentaire est bousculé par les nouvelles attentes des consommateurs.

ouvrier qualifié m Facharbeiter une ouvrière qualifiée

Le salaire des ouvriers qualifiés, très recherchés par les recruteurs, a augmenté de 2,2 % cette année.

pêche f Fischfang **pêcher ; pêcheur/-euse**

Comment rendre plus attractifs les métiers de la pêche ?

petit exploitant m Kleinbauer
Notre entreprise travaille avec quelque 700 petits exploitants.

---

professions libérales f pl selbstständige Berufe
À Bruxelles, les hommes gagnent 40 % de plus que les femmes dans les professions libérales.

---

saisonnier m Saisonarbeiter; Erntehelfer la saisonnière **saison**
Vendanges : les vignerons recherchent des saisonniers

---

salarié m Angestellter, Arbeitnehmer **salaire ; salarial**
J'ai abandonné le statut de salarié pour celui d'autoentrepreneur.

---

secteur privé m freie Wirtschaft auch: le privé (fam.)
La santé des employés du secteur privé se dégrade : 50 % d'entre eux déclarent être épuisés par leur travail.

---

service public m öffentlicher Dienst public, publique
Cela fait 20 ans que je travaille dans le service public.

---

services m pl Dienstleistungssektor
Comme dans la plupart des pays occidentaux, le services se sont fortement développés en Suisse.

---

technicien m Techniker technicienne **technique**
Un technicien s'est grièvement blessé en réparant un ascenseur.

---

travail au noir m Schwarzarbeit
Le travail au noir est dans le viseur des enquêteurs.

---

travailler à son compte selbstständig sein **= travailler en free-lance**
Voilà près de dix ans que je travaille à mon compte.

21 *Remplacez les points d'interrogation par des mots formés à partir des syllabes ci-dessous.*

fonc • blique • ployé • vage • san • rante • arti • sai • lance • gé • tionnaires • éle • pu • em • sonnier • free-

1. En été, il travaille comme ? dans le sud de la France. Cette année, il fait les vendanges.

2. Elle travaille dans une agence immobilière. Depuis qu'elle en est la ?, elle ne compte plus ses heures.

3. En pleine canicule, son ? de poules pondeuses n'a pas résisté à la chaleur.

4. Pendant quinze ans, Yann était ? de bureau ; cette année, il s'est reconverti dans l'agriculture bio.

5. L'Éducation nationale veut réduire le nombre de ?.

6. Traducteur, il travaille en ? pour plusieurs agences de voyages.

7. Il s'est découvert une passion pour la confection de confitures ; il y a trois ans, il a monté son entreprise en tant qu' ? confiturier.

8. Les agents de la fonction ? sont appelés à faire grève mardi prochain.

Mettez dans le bon ordre les lettres des cases roses pour trouver le synonyme de l'expression « jeune pousse ».

__ __ __ __ __ - __ __

FAIRE GRÈVE

acquis sociaux m pl soziale Errungenschaften **acquérir**

Par leur action, ces travailleurs espèrent protéger leurs acquis sociaux.

appeler à la grève zum Streik aufrufen **= lancer un ordre de grève**

Les organisations syndicales ont appelé à la grève dans le secteur des transports.

bras de fer m Tauziehen fig.

Le bras de fer se durcit entre les employés et leur entreprise.

CFDT (Confédération française démocratique du travail) f

frz. Gewerkschaft, Nähe zur sozialistischen Partei

Le dirigeant historique de la CFDT, Pierre Hureau, est mort en juin 2019.

CGT (Confédération générale du travail) f

frz. Gewerkschaft, früher kommunistisch ausgerichtet

La ministre du Travail a rencontré le secrétaire général de la CGT.

charge de travail f Arbeitsbelastung **charger ; surcharge**

La charge de travail ne permet plus aux hospitaliers de soigner correctement leurs patients.

code du travail m Arbeitsgesetzbuch; Arbeitsrecht

Le droit à la déconnexion est inscrit dans le code du travail depuis 2017.

comité d'entreprise m Betriebsrat auch: le CE
Le comité d'entreprise représente les intérêts des salariés.

concertation f Abstimmung, Absprache **se concerter**
Le gouvernement va lancer une concertation avec les Français sur la réforme des retraites.

congés payés m pl bezahlter Urlaub
En 1936, la France découvre les congés payés.

convention collective f Tarifvertrag collectif, -ive
La signature de la convention collective a été reportée à une date ultérieure.

délégué syndical m Gewerkschaftsvertreter **déléguer ; délégation**
« Nous sommes en grève illimitée ! », s'exclame le délégué syndical.

dialogue social m sozialer Dialog, Verhandlung **dialoguer**
Cette rencontre marque officiellement la reprise du dialogue social.

emploi précaire m unsicherer Arbeitsplatz **précarité**
Aujourd'hui, les jeunes sont de plus en plus contraints d'accepter des emplois précaires.

emplois menacés m pl gefährdete Arbeitsplätze **menace**
Thomas Cook fait faillite : 600 emplois menacés en Belgique

être en sous-effectif unterbesetzt sein
Les services pédiatriques d'une vingtaine d'hôpitaux en Île-de-France sont en sous-effectif.

faire grève streiken **gréviste**
Les femmes de ménage d'un hôtel parisien font grève depuis près de trois semaines.

fermeture d'usine f Werkschließung **fermer**
Cette fermeture d'usine, si elle est confirmée, constituerait un nouveau revers pour l'industrie automobile britannique.

FO (Force ouvrière) (frz. Gewerkschaft, sozialdemokratisch ausgerichtet)
Ce mardi, les manifestations organisées par FO ont rassemblé entre 130 000 et 350 000 personnes.

---

grève générale f Generalstreik
La grève générale de Mai 68 a marqué la mémoire collective française.

---

grogne sociale f Unmut in der Bevölkerung fam. **grogner ; grognement**
Signe de la grogne sociale, le gilet jaune est devenu en quelques semaines un objet emblématique.

---

licenciement économique m betriebsbedingte Entlassung **licencier qn**
Une entreprise de Forbach a été condamnée après le licenciement économique d'une de ses salariées.

Medef (Mouvement des entreprises de France) m
größter frz. Arbeitgeberverband
En Guadeloupe, le Medef mise sur l'esprit entrepreneurial de la jeunesse locale.

---

négociation f Verhandlung **négocier ; négociateur/-trice**
Le syndicat des boulangers a obtenu gain de cause après des mois de négociations.

---

organisation patronale f Arbeitgeberverband
L'organisation patronale devrait élire son nouveau président le 22 janvier prochain.

---

partenaires sociaux m pl Sozialpartner
Les partenaires sociaux ont salué le compromis trouvé après des mois de polémique.

---

patronat m Arbeitgeber(schaft) **patron/-onne**
Syndicats et patronat n'avaient clairement pas l'intention de faire des concessions.

---

plan social m Sozialplan
Les salariés de l'hebdomadaire L'Express dénoncent un plan social surprise.

---

préavis de grève m Streikankündigung
Deux syndicats de postiers ont déposé un préavis de grève illimitée à Lyon.

---

rapport de force m Kraftprobe

Les salariés veulent engager un rapport de force avec la direction.

revendication f Forderung **revendiquer**

Les revendications des grévistes portent principalement sur les conditions de travail.

sécurité de l'emploi f Sicherheit des Arbeitsplatzes

La sécurité de l'emploi et les possibilités d'évolution de carrière sont ses deux principales motivations.

supprimer des emplois

Arbeitsplätze abbauen **≠ créer des emplois ; suppression**

À Nevers, l'équipementier automobile Aisan Industry France envisage de supprimer 60 emplois sur les 107 actuels.

syndicat m Gewerkschaft **se syndiquer ; syndicaliste**

Les quatre syndicats de la SNCF appelleront sans doute à une manifestation jeudi prochain, mais pas à la grève.

? 22 *Complétez les phrases par le mot ou l'expression qui convient.*

négociation • acquis • code du travail • grévistes • fermetures • en sous-effectif • supprimé • emplois précaires • revendiquent • grogne

1. Les congés payés et la semaine de 35 heures sont des ______________ sociaux.

2. Depuis l'annonce d'un plan social, la ______________ s'installe parmi les salariés de l'entreprise.

3. Malgré les sollicitations des salariés en grève, la direction de l'entreprise refuse toute ________________.

4. Les professionnels de la santé ________________, entre autres, une hausse des salaires et la création de postes.

5. Les ________________ augmentent la pression sur le gouvernement en menaçant de paralyser le pays tout entier.

6. Les syndicats pointent la multiplication des ________________ comme ceux des livreurs à vélo.

7. La réforme du ________________ est dénoncée par les syndicats.

8. La délocalisation des sites de production dans les pays à bas salaires entraîne de nombreuses ________________ d'usine.

9. À l'ère de l'intelligence artificielle, la hantise de chaque salarié est de voir son poste ________________.

10. ________________, les facteurs travaillent à un rythme effréné et certains d'entre eux font un burn-out.

5 ÉCONOMIE • ÉCONOMIE ET POLITIQUE

atteindre le plein-emploi Vollbeschäftigung erreichen

Emmanuel Macron a annoncé vouloir atteindre le plein-emploi en 2025.

---

attirer des investisseurs Investoren anziehen

La Ville de Paris a investi plus de 200 millions d'euros pour attirer des investisseurs dans le secteur de la santé.

---

augmenter les impôts die Steuern erhöhen **≠ baisser les impôts**

« Augmenter les impôts ? Ce n'est pas dans les projets du gouvernement », assure le ministre des Comptes publics.

---

conjoncture f Konjunktur **conjoncturel, -elle**

La conjoncture économique a continué de se dégrader au cours du troisième trimestre en Europe, Asie et Amérique latine.

---

cotisation f Beitrag **cotiser à qc**

Pour adhérer à cette association, il faut payer une cotisation.

---

crise économique f Wirtschaftskrise

Les inégalités sociales se sont creusées en Europe après la crise économique de 2008.

---

croissance f Wachstum **croître ; croissant**

La croissance de la Chine est au plus bas depuis vingt-sept ans.

---

dépenses f pl Ausgaben **dépenser**

Les dépenses militaires augmentent dans le monde.

---

dépression f Konjunkturtief, Depression

La crise politique que connaît le Venezuela depuis mercredi est liée à une profonde dépression économique.

---

dette publique f Staatsverschuldung **être endetté ; endettement**

La dette publique s'est stabilisée au deuxième trimestre.

équilibre budgétaire m ausgeglichener Haushalt, schwarze Null **équilibrer ; équilibré**

En Wallonie, le retour à l'équilibre budgétaire est reporté à 2024.

---

essor économique m Wirtschaftsaufschwung **= le boom économique**

À Haïti, l'insécurité entrave l'essor économique de l'île.

---

finances publiques f pl öffentliche Gelder, Staatsfinanzen

La réforme, dont le coût est évalué à 5 milliards d'euros pour les finances publiques, bénéficie aux classes moyennes et populaires.

---

hausse f Anstieg **≠ baisse**

Comment faire face à la hausse des prix des carburants ?

---

impôt sur le revenu m Einkommensteuer

Le chef de l'État a promis une baisse de 5 milliards d'euros de l'impôt sur le revenu.

---

inflation f Inflation **inflationniste**

L'inflation allemande est restée modérée en janvier.

ISF (impôt sur la fortune) m Vermögenssteuer

Faut-il supprimer l'ISF ?

---

la Sécurité sociale
staatliche frz. Sozial- und Krankenversicherung **la sécu (fam.)**

Le déficit de la Sécurité sociale diminue.

---

mesures d'austérité f pl Sparmaßnahmen **austère**

Des mesures d'austérité ont été annoncées dans la province canadienne du Nouveau-Brunswick.

---

nationaliser verstaatlichen **≠ privatiser ; nationalisation**

Faut-il nationaliser les autoroutes ?

---

niveau de vie m Lebensstandard

Plus votre niveau de vie augmente, plus vous avez les moyens de consommer.

pays du G20 m pl G-20-Länder

Réchauffement climatique : les pays du G20 sont pointés du doigt

PIB (produit intérieur brut) m Bruttoinlandsprodukt

Le PIB de la zone euro devrait croître de 1,4 % en 2020 et 2021.

politique fiscale f Steuerpolitik **fiscalité**

La politique fiscale de l'île Maurice est particulièrement attractive pour les investisseurs étrangers.

pouvoir d'achat m Kaufkraft

Les gilets jaunes réclament une hausse du pouvoir d'achat.

prestations sociales f pl Sozialleistungen

La France est la championne incontestée des prestations sociales en Europe.

prospérité f Wohlstand **prospérer ; prospère**

« Nous voulons bâtir la nouvelle prospérité française », affirme le ministre de l'Économie et des Finances.

protectionnisme m Protektionismus **protection ; protectionniste**

Airbus redoute les conséquences du protectionnisme américain.

puissance économique f Wirtschaftsmacht **puissant**

La France fait partie des dix premières puissances économiques mondiales.

récession f Rezession

L'angoisse d'une récession mondiale a paralysé la Bourse de Paris en fin de semaine.

recettes f pl Einnahmen

Cette mesure devrait permettre d'augmenter sensiblement les recettes de l'État.

redistribuer les richesses Reichtum umverteilen **redistribution**
L'économiste français Thomas Piketty insiste dans son dernier livre sur l'importance de redistribuer les richesses.

réduire les déficits publics das Haushaltsdefizit abbauen **réduction**
Le président Macron a dit qu'il fallait « réduire les déficits publics ».

revenu par tête m Pro-Kopf-Einkommen
Le revenu par tête des Britanniques devrait chuter après le Brexit, prévient cet universitaire.

taux de chômage m Arbeitslosenquote
Le taux de chômage continue de baisser significativement dans la région Grand Est.

TVA (taxe sur la valeur ajoutée) f Mehrwertsteuer
Et si le gouvernement supprimait la TVA sur les produits bio ?

? **23** *En utilisant les termes du chapitre « Économie et politique », complétez le tableau de sorte que chaque ligne forme une famille de mots. Les cases avec un tiret (–) restent vides.*

nom	verbe	adjectif
	–	endetté
redistribution		–
	équilibrer	
	–	protectionniste
inflation	–	
		prospère

	cotiser	–
	croître	
austérité	–	

COMMERCE ET ÉCHANGES

accord commercial m Handelsabkommen
L'accord commercial entre l'UE et Singapour, contesté par certaines ONG, entrera en vigueur le 21 novembre.

altermondialiste adj., n. m/f
globalisierungskritisch/Globalisierungsgegner/in **altermondialisme**
Le groupe altermondialiste Attac se mobilise contre la privatisation des aéroports de Paris.

balance commerciale f Handelsbilanz
La balance commerciale de la France reste déficitaire.

biens de consommation m pl Konsumgüter **consommer ; consommateur/-trice**
Les prix des biens de consommation sont beaucoup plus élevés en Polynésie qu'en métropole.

biens manufacturés m pl Fertigware, industriell verarbeitete Ware **manufacture**
L'Afrique continue d'exporter ses matières premières et d'importer des biens manufacturés.

boutique f Laden, Geschäft
Elle a trouvé cette robe dans une boutique du centre-ville.

chaîne de magasins f Ladenkette
La chaîne de magasins Primark débarque en France.

client m Kunde **clientèle**

« Le client est roi ». Tout le monde connaît cet adage !

---

commerce de détail m Einzelhandel ≠ **commerce de gros ; détailler**

Selon cet expert, le commerce en ligne ne tuera pas le commerce de détail.

---

commerce équitable m fairer Handel

Un peu partout en Belgique, depuis le 2 octobre, se tient la Semaine du commerce équitable.

---

commerce extérieur m Außenhandel ≠ **commerce intérieur**

Le commerce extérieur est le point noir de l'économie française.

---

commerces de proximité m pl Einkaufsmöglichkeiten in der Nähe

Dans bien des communes, on déplore la fermeture des commerces de proximité.

---

compétitivité f Wettbewerbsfähigkeit **compétition ; compétitif, -ive**

La compétitivité française se redresse progressivement.

---

conquérir un marché e-n Markt erobern **conquête**

Son objectif : conquérir un marché de plus de 200 millions d'euros.

---

consumérisme m Konsumdenken, Konsumismus anglic. **consumériste**

En recyclant des vieux vêtements, on contribue à la lutte contre le consumérisme.

---

contrefaçon f Fälschung **contrefaire**

Depuis de longues années, la marque Louis Vuitton s'engage contre la contrefaçon.

---

demande f Nachfrage **demander**

La loi de l'offre et de la demande régit le marché.

---

droits de douane m pl Zollgebühren, Zölle

Le président des États-Unis menace d'augmenter les droits de douane sur le vin français.

échanges m pl Handel, Warenaustausch **= commerce ; échanger**

Les échanges du Maroc avec l'Afrique subsaharienne ont considérablement augmenté ces dernières années.

FMI (Fonds monétaire international) m Internationaler Währungsfonds (IWF)

Après huit ans passés à la tête du FMI, Christine Lagarde a fait ses adieux à l'institution financière.

fournisseur m Lieferant **fournir**

Deux entreprises sur trois payent leurs fournisseurs en retard en France.

géant de la distribution m Handelsriese

Le géant de la distribution Carrefour a récemment annoncé une vague de suppressions de postes en France.

guerre commerciale f Handelskrieg **guerrier, -ière**

Donald Trump déclare la guerre commerciale à la Chine.

importation f Import **≠ exportation ; importer**

Pékin a temporairement suspendu ses importations de viande canadienne cet été.

la grande distribution der Einzelhandel, die großen Handelsketten **distribuer**

Face à la concurrence d'Internet, la grande distribution essaie de se réinventer.

libre concurrence f freier Wettbewerb **concurrencer ; concurrent**

Les États-Unis ne sont plus l'eldorado de la libre concurrence.

libre-échange m Freihandel

L'UE envisage un accord de libre-échange avec cinq pays d'Afrique australe et orientale.

marchandise f Ware **marchander ; marchand**

80 à 90 % des marchandises transportées aujourd'hui dans le monde le sont par voie maritime.

matières premières f pl Rohstoffe

Le secteur de la construction consomme d'énormes quantités de matières premières.

offre f Angebot **offrir**

Cette offre à 35 euros pour les nouveaux abonnés devrait passer à 50 euros début 2020.

OMC (Organisation mondiale du commerce) f Welthandelsorganisation (WTO)

L'OMC rappelle à l'ordre Washington.

petits commerçants m pl kleine Einzelhändler, Ladenbesitzer

Pour les petits commerçants, il n'est pas facile de louer un local dans un quartier chic.

remise f Rabatt **remettre**

Ces remises exceptionnelles vous permettront d'économiser plusieurs dizaines d'euros.

soldes m pl Schlussverkauf, Ausverkauf **solder**

Lentement mais sûrement, la période des soldes touche à sa fin.

vente en ligne f Onlinehandel, -shopping **vendre ; vendeur/-euse**

La vente en ligne du vin se banalise de plus en plus.

? 24 *Trouvez pour chaque phrase la fin qui convient.*

1. Greta Thunberg met en cause notre mode de vie
2. Si un accord n'est pas conclu rapidement, Donald Trump va intensifier

a) douane sur certains produits français.

b) altermondialistes.

3. En 2018, les douanes de l'UE ont saisi 27 millions de
4. Après le Brexit, Londres voudrait continuer à profiter
5. Les petits commerçants ont du mal à faire face à
6. Après 70 ans d'existence, les clients regrettent la fermeture de la
7. La police a fait usage de gaz lacrymogène contre des manifestants
8. En raison des tensions commerciales, la croissance mondiale est
9. Le président des États-Unis envisage d'imposer des droits de
10. Pour la vitalité des villages, il est indispensable de promouvoir

c) la vente en ligne.
d) fragile, selon le FMI.
e) chaîne de magasins Tati.
f) produits contrefaits.
g) la guerre commerciale avec la Chine.
h) les commerces de proximité.
i) consumériste.
j) du libre-échange avec l'UE.

1. ____ 2. ____ 3. ____ 4. ____ 5. ____

6. ____ 7. ____ 8. ____ 9. ____ 10. ____

FINANCE

accorder un crédit à qn jdm. e-n Kredit gewähren — **créditer (un compte)**
La banque nous a accordé un crédit pour l'achat d'une voiture neuve.

action f Aktie — **actionnaire**
Bourse : faut-il acheter l'action Google ?

associé m Teilhaber, Partner — **s'associer à qn ; association**
Ce restaurateur a racheté avec son associé une petite brasserie du centre-ville.

biens immobiliers m pl Immobilien
À Bordeaux, les prix des biens immobiliers ont augmenté de plus de 17 % en un an.

Bourse f Börse
La Bourse de Paris a ouvert en légère hausse ce lundi.

CAC 40 m (Leitindex der 40 führenden frz. Unternehmen, die an der Börse notiert sind)
Depuis 2015, elle conseille de grandes entreprises du CAC 40.

capital m Kapital **capitaliser ; capitalisme**
Jusqu'à présent, l'État détenait près de la moitié du capital de l'entreprise.

chiffre d'affaires m Umsatz
PSA a vendu 3,9 millions de véhicules en 2018, pour un chiffre d'affaires de 74 milliards d'euros.

comptabilité f Buchhaltung **compter ; comptable**
L'écologie commence à occuper une place importante dans la comptabilité des entreprises.

donateur m Spender la donatrice **donner ; don**
Donateurs français et étrangers se mobilisent pour sauver Notre-Dame de Paris.

économiser qc etw. sparen **= faire des économies**
Le kakeibo est une méthode japonaise qui vise à mieux gérer son budget et à économiser de l'argent.

emprunter de l'argent à qn von jdm. Geld leihen **≠ prêter de l'argent à qn**
Ma mère a dû lui emprunter de l'argent plus d'une fois pour les courses alimentaires.

épargne f Sparen; Ersparnisse **épargner ; épargnant**
L'épargne des Français atteint des niveaux record.

exil fiscal m Steuerflucht **s'exiler ; exilé fiscal**
La liste des grandes fortunes installées en Suisse ou en Belgique alimente régulièrement le débat sur l'exil fiscal.

---

faire des bénéfices Gewinne erzielen **bénéficier de qc**
L'industrie du tabac fait des bénéfices colossaux.

---

faire faillite Konkurs machen, pleitegehen **faillir**
L'entreprise pour laquelle elle travaillait a fait faillite.

---

faire fortune reich werden **être fortuné**
Qui n'a jamais rêvé de faire fortune ?

---

faire une affaire ein gutes Geschäft, Schnäppchen machen
Profitez des soldes pour faire des affaires !

---

financement participatif m Crowdfunding participatif, -ive **financer**
Des villageois ont fait appel au financement participatif pour sauver leur église.

---

fonds d'investissement m Investmentfonds **investir**
EDF lance un fonds d'investissement pour les start-up de l'énergie.

---

homme d'affaires m Geschäftsmann la femme d'affaires
Cet homme d'affaires corse souhaite entrer en politique.

---

krach boursier m Börsenkrach boursier, -ière
La probabilité d'un krach boursier n'a jamais été aussi élevée.

---

la Banque de France die frz. Staatsbank
La Banque de France a inauguré ce mardi son nouveau centre de tri des billets près de Paris.

---

marché financier m Finanzmarkt financier, -ière
Le Brexit n'a pas déstabilisé les marchés financiers.

---

monnaie f Währung **monétaire**

L'euro est la monnaie unique de l'Union européenne.

---

ouvrir un compte bancaire ein Bankkonto eröffnen

Il est possible d'ouvrir un compte bancaire en moins de dix minutes.

---

part de marché f Marktanteil

L'enseigne allemande Lidl a encore gagné des parts de marché.

---

payer en liquide bar bezahlen **≠ payer par carte ; paiement**

En France, chez un commerçant, il est possible de payer en liquide jusqu'à 1 000 euros.

---

perte f Verlust **≠ gain ; perdre**

Malgré un carnet de commandes bien rempli, l'entreprise a subi de nombreuses pertes.

---

placer de l'argent Geld anlegen **placement**

Elle place de l'argent pour assurer l'avenir de ses enfants.

---

profit m Gewinn **profiter de qc**

Les profits de l'entreprise sont réinvestis dans la recherche et le développement.

---

rachat m Übernahme **racheter**

Les salariés de Nice Matin s'opposent au rachat de leur journal.

---

remboursement m Rückzahlung, -erstattung **rembourser**

Nous avons étalé le remboursement du crédit de la maison sur quinze ans.

---

société anonyme (SA) f Aktiengesellschaft (AG)

En 1896, Armand Peugeot fonde la « Société anonyme des automobiles Peugeot » à Lille.

---

société à responsabilité limitée (SARL) f Gesellschaft mit beschränkter Haftung (GmbH)

Il y a de nombreux avantages juridiques à créer une société à responsabilité limitée.

---

secret bancaire m Bankgeheimnis

La lutte contre le secret bancaire atteint aujourd'hui ses limites.

s'endetter s. verschulden **endettement ; surendettement**

Au Chili, les jeunes doivent s'endetter afin de financer leurs études.

somme f Summe, Betrag

L'achat d'une maison représente une somme importante.

spéculer spekulieren **spéculation ; spéculatif, -ive**

« Je refuse de spéculer sur des devises étrangères », annonce l'investisseur.

taux d'intérêt m Zinssatz

Au Danemark, une banque propose des taux d'intérêt négatifs.

trader m Trader, Börsenmakler anglic. ; auch: tradeur/-euse

= opérateur/-trice de marché

Le métier de trader est beaucoup moins lucratif que par le passé.

? 25 *Complétez les phrases par des mots ou expressions du chapitre « Finance ».*

1. En 2040, sera-t-il encore possible de payer ______________ ?
2. Après le ______________ de leur entreprise par une société chinoise, les salariés craignent pour leurs emplois.
3. Personne n'avait vu venir la ______________ du tour-opérateur ; au contraire, tout le monde pensait qu'il se portait plutôt bien.
4. Jérémy a toujours des soucis de trésorerie ; hier encore, il voulait ______________ à ses amis.

5. Avec plus de 10 milliards d'euros de ______________________, LVMH est le premier groupe de luxe au monde.

6. Comme il n'est pas en CDI, sa banque n'a pas voulu lui ______________________.

7. Après la diffusion de ces informations, le cours de la ______________________ s'est envolé ; le CAC 40, lui, est resté stable.

8. Une campagne de ______________________ a été lancée afin de recueillir les fonds nécessaires au développement de ce projet.

INDUSTRIE ET MONDIALISATION

assembler zusammenbauen, montieren **assemblage**

Il faut des milliers de pièces pour assembler une voiture.

bassin minier m Bergbaugebiet minier, -ière **mine ; mineur**

Depuis 2012, le bassin minier du Nord-Pas-de-Calais est classé au patrimoine mondial de l'Unesco.

branche f Branche

Elle travaille dans une branche de la chimie industrielle.

chantier naval m Werft

Le chantier naval de Saint-Nazaire, pourtant prospère, peine à recruter.

compétitivité f Wettbewerbsfähigkeit **compétitif, -ive**

Les États-Unis ne sont plus les champions de la compétitivité.

coûts de production m pl Produktionskosten **coûter**

Airbus veut réduire les coûts de production de l'A220.

déclin m Niedergang **décliner**

Le déclin industriel de la France continue, mais à un rythme plus lent.

délocaliser auslagern, ins Ausland verlagern **délocalisation**

Le fabricant américain d'électroménager Whirlpool délocalise son usine d'Amiens en Pologne.

---

désindustrialisation f Deindustrialisierung ≠ **industrialisation ; industriel, -ielle**

La crise de 2008 a accéléré le processus de désindustrialisation en France.

être touché par la crise von der Krise betroffen sein

Le secteur de la construction a été particulièrement touché par la crise de 2008.

---

fabrication en série f Serienfertigung **fabriquer ; fabricant**

La société a décidé de lancer la fabrication en série de son nouveau produit.

---

faire les trois-huit in drei Schichten arbeiten

Quand mon grand-père travaillait à l'usine, il faisait les trois-huit.

---

filière f Branche

La filière nucléaire française est de plus en plus coûteuse.

---

fusion f Zusammenschluss, Fusion **fusionner**

La SNCF lance la fusion de l'Eurostar et du Thalys.

---

grand groupe m Großkonzern

Un fabriquant tunisien de vélos a signé un contrat avec le grand groupe français Decathlon.

---

groupe pétrolier m Ölkonzern auch: le pétrolier **pétrole**

Le groupe pétrolier Total investit 110 millions d'euros dans sa raffinerie de Gonfreville-l'Orcher, près du Havre.

---

industrie aéronautique f Luftfahrtindustrie

Les initiatives destinées à rendre l'industrie aéronautique plus écologique se multiplient.

---

industrie automobile f Automobilindustrie

Selon le constructeur Renault, l'avenir de l'industrie automobile française est compromis.

industrie de pointe f Hightechindustrie

Le Luxembourg se tourne désormais vers les industries de pointe.

industrie pharmaceutique f Pharmaindustrie **pharmacie ; parmacien/-ienne**

L'industrie pharmaceutique n'a pas encore su tirer profit du numérique.

main-d'œuvre f Arbeitskräfte

Le secteur agricole recherche de la main-d'œuvre toute l'année.

maintenance f Wartung, Instandhaltung **maintenir ; maintien**

Un ouvrier qui travaillait à la maintenance d'une grue est tombé.

marché concurrentiel m umkämpfter Markt concurrentiel, -ielle **concurrencer ; concurrent**

Notre entreprise évolue sur un marché concurrentiel.

mondialisation f Globalisierung **mondialiser ; mondial**

« La mondialisation n'est pas la cause des inégalités », affirme cette économiste.

multinationale f multinationaler Konzern

« Cette multinationale a des méthodes de gangster », dénonce-t-il.

PME (petites et moyennes entreprises) f pl kleine und mittelständische Betriebe

Une PME française fournit des drones à l'armée américaine.

reconversion f Umstellung, Umstrukturierung **reconvertir**

Plus de trois ans après la fermeture de l'usine, l'espoir d'une reconversion industrielle renaît.

secteur porteur m vielversprechender, aussichtsreicher Sektor porteur, -euse

= secteur en expansion

Le numérique est un secteur porteur en matière d'emploi.

sidérurgie f Stahlindustrie **sidérurgique**

La sidérurgie européenne a connu une année difficile.

site de production m Produktionsstätte, Betriebsstandort

La marque de luxe Hermès s'apprête à construire un nouveau site de production en Normandie.

textile m Textilindustrie

Le textile est un secteur crucial pour l'économie pakistanaise.

travail à la chaîne m Fließbandarbeit **travailleur/-euse**

Ce fils d'immigrés marocains a d'abord connu l'usine et les galères du travail à la chaîne.

usine f Fabrik, Werk

En Dordogne, la dernière usine française de tabac va fermer.

valeur ajoutée f Mehrwert **valoriser**

Pour se différencier et créer de la valeur ajoutée, il faut innover.

? 26 *Quels sont les équivalents français des mots ou expressions suivants ? Notez-les.*

1. Produktionsstätte, Betriebsstandort ____________________
2. in drei Schichten arbeiten ____________________
3. Fließbandarbeit ____________________

4. vielversprechender, aussichtsreicher Sektor ____________________

5. Wettbewerbsfähigkeit ____________________

6. Globalisierung ____________________

7. auslagern, ins Ausland verlagern ____________________

8. kleine und mittelständische Betriebe • ____________________

• ____________________

9. Ölkonzern ____________________

10. Arbeitskräfte ____________________

LUXE, MODE, GASTRONOMIE

AOP (appellation d'origine protégée) f g.U. (geschützte Ursprungsbezeichnung)
Actuellement, une dizaine de producteurs peuvent revendiquer l'AOP « Camembert de Normandie ».

artisanat (d'art) m (Kunst-)Handwerk **artisan ; artisanal**
Au XVIIIe siècle, l'artisanat d'art français était admiré dans le monde entier.

arts de la table m pl Tischkultur, -dekoration
Les arts de la table sont à l'honneur ce week-end au salon Maison & Objet.

bijoutier m Juwelier la bijoutière **bijou ; bijouterie**
La place Vendôme, à Paris, regroupe plusieurs bijoutiers de luxe.

bonne table f gutes Restaurant bon, bonne
Nous avons découvert cette bonne table grâce au Guide Michelin.

chef étoilé m Sternekoch la chef/cheffe **étoile**

La plus jeune cheffe étoilée de France a 22 ans.

---

clientèle aisée f wohlhabende Kundschaft **client**

Le restaurant La Tour d'Argent, dans le Ve arrondissement de Paris, attire une clientèle aisée.

---

couturier m Modeschöpfer/in la couturière = die Näherin, Schneiderin **couture**

Coco Chanel fut un grand couturier.

---

créateur (de mode) m Modeschöpfer la créatrice **créer ; création**

Comment les créateurs de mode trouvent-ils leur inspiration ?

---

défilé de mode m Modenschau **défiler**

À la Fashion Week de Paris, les défilés de mode s'enchaînent.

---

dégustation f Probe, Verkostung **déguster ; goût**

La visite de la ferme se terminera par une dégustation de fromages.

égérie f Gesicht; Muse, Ikone

Cette jeune actrice deviendra l'égérie de Chanel au printemps prochain.

---

fine bouche f Feinschmecker/in

Les pâtisseries et viennoiseries de cette boulangerie ravissent les fines bouches.

---

gastronomie f Kochkunst **gastronome ; gastronomique**

On ne plaisante pas avec la gastronomie en France !

---

grand chef m Spitzenkoch

Le grand chef lyonnais Paul Bocuse est considéré comme l'un des plus importants cuisiniers du XXe siècle.

---

grand cru m Spitzenwein

La région du Bordelais produit de nombreux grands crus.

---

griffe f Modelabel, -marke

La griffe Chloé a rendu hommage à Karl Lagerfeld.

haut de gamme hochwertig **≠ bas de gamme**

Le fabricant de chaussures haut de gamme J.M. Weston se lance sur le marché du vintage.

hôtellerie f Hotelgewerbe **hôtel ; hôtelier, -ière**

Hôtellerie : la France compte six nouveaux palaces

industrie du luxe f Luxusindustrie **industriel, -ielle**

LVMH, le numéro un de l'industrie du luxe, s'engage pour l'environnement.

luxueux luxuriös; Luxus- luxueuse

Il aime les hôtels luxueux et les voyages à l'autre bout du monde.

maison f Modehaus

Lanvin est la plus ancienne maison de couture française en activité.

maître d'hôtel m/f Oberkellner/in

La maître d'hôtel d'un restaurant de Pornic, en Bretagne, a reçu le prix du Service 2019.

mannequin vedette m Topmodel **mannequinat**

Mannequin vedette des années 90, Carla Bruni a défilé pour les plus grands créateurs.

pâtissier m Konditor la pâtissière **pâtisserie**

En 2019, la Française Jessica Préalpato a été élue meilleure pâtissière du monde.

plaisirs de la table m pl kulinarischer Genuss, Gaumenfreuden

La Cité de la gastronomie à Lyon est un lieu où l'on célèbre les plaisirs de la table.

podium m Laufsteg

Ce printemps, la couleur fera son retour sur les podiums.

produit du terroir m regionales Erzeugnis

Miel, vin, fromage… Dans le Jura, les produits du terroir sont nombreux et de qualité.

restauration f Gastronomie **(se) restaurer**

Les robots sont de plus en plus utilisés dans la restauration.

richesse f Reichtum **s'enrichir ; riche**

Porter un sac Louis Vuitton est un signe extérieur de richesse.

savoir-faire m Know-how, Savoir-faire

Les maisons de couture s'appuient sur le savoir-faire de leurs couturières.

serveur m Kellner la serveuse **servir ; service**

Les restaurateurs ont du mal à recruter des serveurs et cuisiniers.

styliste m/f Modedesigner/in **style**

« Je rêve d'une mode responsable ! », s'exclame la styliste.

terroir m regionales Anbaugebiet

Ce terroir présente toutes les qualités requises pour produire un très bon vin.

vêtements griffés m pl Markenkleidung

Les vêtements griffés Ralph Lauren restent un symbole de l'élégance à l'américaine.

vigne f Weinstock; Weinberg **vigneron/-onne**

Cet été, les vignes du Beaujolais ont été endommagées par la grêle.

vignoble m Weinbaugebiet

Les vignobles canadiens gagnent à être connus.

viticulture f Weinbau **viticulteur/-trice ; viticole**

De nombreuses femmes se tournent aujourd'hui vers la viticulture.

? 27 *Complétez les phrases par le mot ou l'expression qui convient.*

terroirs • fines bouches • grands crus • industrie du luxe • griffes • bonnes tables • défilent • égéries

1. Claudia Schiffer fut l'une des ________________ du couturier Karl Lagerfeld.
2. À la Fashion Week de Paris, les mannequins ________________ sur le podium.
3. Chanel est l'une des ________________ emblématiques de la haute couture française.
4. Le clos-de-vougeot est l'un des ________________ du vignoble bourguignon.
5. Le savoir-faire des chefs étoilés donne entière satisfaction, même aux ________________ les plus exigeantes.
6. La cuisine française doit sa réputation mondiale à la diversité de ses ________________.
7. Qui dit ________________, dit savoir-faire et précision des gestes. Ce secteur fait rêver, notamment en Chine où des marques comme Louis Vuitton sont très prisées.
8. Ce nouveau restaurant aura certainement beaucoup de succès auprès des amateurs de ________________.

TOURISME

agence de voyages f Reisebüro
Nous nous rendrons demain à l'agence de voyages pour réserver nos vacances.

attraction touristique f Sehenswürdigkeit **= curiosité touristique ; attirer**
Nouvelle attraction touristique de Montréal, la grande roue du Vieux-Port ouvrira au public fin juillet.

auberge de jeunesse f Jugendherberge
Passer la nuit dans une auberge de jeunesse ne me dérange pas.

avoir le mal du pays Heimweh haben
La plupart des expatriés ont le mal du pays au moins une fois dans leur vie.

bondé überfüllt
Le site du château de Neuschwanstein est bondé chaque été.

chambre d'hôte f Pensionszimmer; Frühstückspension
Ma belle-sœur rêve d'ouvrir une chambre d'hôte en bord de mer.

cohue f Menschenmenge; Gedränge
Pour éviter la cohue, vous pouvez réserver vos billets à l'avance sur Internet.

compagnie low-cost f Billigfluggesellschaft
La compagnie low-cost autrichienne Lauda a ouvert une nouvelle liaison entre Bordeaux et Vienne.

complet ausgebucht complète **compléter ; complètement**
Tous les hôtels du centre-ville sont complets durant le festival.

croisiériste m Kreuzfahrttourist; Kreuzfahrtanbieter la croisiériste **croisière**
Le croisiériste Viking propose de visiter 53 pays en 245 jours.

dépaysement m Abwechslung, Tapetenwechsel **dépayser ; pays**
Envie de dépaysement ? Partez au Vietnam !

destination f Reiseziel
La France est la première destination de vacances des Français.

écotourisme m Ökotourismus, nachhaltiger Tourismus
L'écotourisme peut-il sauver les espèces menacées ?

être classé monument historique unter Denkmalschutz stehen **classement**
Classé monument historique, le théâtre antique d'Alba-la-Romaine est en pleine restauration.

excursion f Ausflug
Son grand-père, ancien mineur, l'encourage à faire une excursion sur « la montagne noire ».

faire du stop trampen fam. **autostoppeur/-euse ; autostop**
Il a atteint l'objectif fou de relier Paris à la Laponie, uniquement en faisant du stop.

gîte rural m Ferienunterkunft auf dem Land
Ce gîte rural suisse propose de dormir sur de la paille.

haute saison f Hochsaison **≠ basse saison**
En haute saison, les prix des hôtels sont plus élevés.

hébergement m Unterbringung; Unterkunft **héberger**
Ces vacanciers préfèrent le camping à l'hébergement hôtelier.

incontournable m Muss **contourner**
Avez-vous déjà visité l'abbaye de Royaumont, cet incontournable du Val-d'Oise ?

itinéraire m Route
Notre guide de voyage nous a proposé un itinéraire très intéressant.

location (de vacances) f Ferienwohnung **louer**
Plusieurs voyageurs ont signalé avoir trouvé des caméras dans leurs locations de vacances.

monter une tente ein Zelt aufbauen **≠ démonter**
Mon père s'est coupé la main en montant la tente.

office du tourisme m Touristinfo
À Cannes, l'office du tourisme vient de rouvrir ses portes après deux mois de travaux.

---

patrimoine m Kulturerbe **patrimonial**
Ancienne place forte de Bretagne, Concarneau a conservé un riche patrimoine architectural.

---

pension complète f Vollpension ≠ **demi-pension ; pensionnaire**
Pour une semaine en pension complète dans un hôtel 4 étoiles, Danièle a déboursé 406 euros.

---

réserver à l'avance im Voraus buchen **réservation**
Pour être certain de profiter de tarifs avantageux, il est préférable de réserver six mois à l'avance.

---

séjour à l'hôtel m Aufenthalt im Hotel **séjourner**
J'ai passé un séjour inoubliable à l'hôtel parisien Le Lutetia.

---

site historique m historische Stätte
Site historique mondialement connu, le Mont-Saint-Michel reçoit plusieurs millions de visiteurs chaque année.

---

site naturel m Naturlandschaft, -schönheit naturel, -elle **nature**
Partez à la découverte de l'île Madame, un site naturel d'exception au large de la Charente-Maritime.

---

site protégé m Landschaftsschutzgebiet **protection**
La pêche est strictement encadrée sur ce site protégé.

---

station balnéaire f Badeort
La station balnéaire de La Baule, en Loire-Atlantique, possède la plus grande plage d'Europe.

---

station thermale f Kurort **thermes**

La station thermale de Vichy accueille plus de 8000 curistes par an.

surtourisme m Overtourism, Übertourismus

Surtourisme : le maire de Venise appelle l'Unesco au secours

terrain de camping m Campingplatz **camper ; campeur/-euse**

Le terrain de camping où j'installe ma caravane chaque été va fermer prochainement.

tour du monde m Weltreise

Il y a 500 ans, l'explorateur Magellan partait pour un tour du monde.

tourisme de masse m Massentourismus

On accuse Instagram d'être responsable du tourisme de masse.

tour-opérateur m Reiseveranstalter **= voyagiste**

Ce tour-opérateur propose des séjours exotiques à des prix imbattables.

vacancier m Urlauber la vacancière **vacances**

Les vacanciers belges aiment passer les fêtes de fin d'année en bord de mer.

virée f Kurztrip fam.

Notre virée gastronomique dans le Périgord nous a enchantés.

visite guidée f Führung **guide**

La visite guidée du château a lieu tous les dimanches à 11 heures.

voyage organisé m Pauschalreise **organisation ; organisateur/-trice**

Mon frère a opté pour un voyage organisé en Chine.

28 *Remplacez les points d'interrogation par des mots formés à partir des syllabes ci-dessous.*

hue • ristes • moine • risme • ment • aire • dépayse • écotou • giste • rée • patri • balné • co • croisié • voya • vi

1. À cause de la faillite de leur ?, des dizaines de milliers de touristes sont bloqués sur leur lieu de vacances.

2. Monet fut attiré par la beauté de la station ? d'Étretat, située sur la côte normande.

3. Les ONG font pression sur les ? car les émissions des navires, très toxiques, polluent l'air.

4. Un séjour dans l'esprit de l' ? , axé sur la découverte des paysages et de la vie locale, séduit de plus en plus de vacanciers.

5. Lors des journées du ?, les monuments historiques ouvrent leurs portes aux visiteurs le temps d'un week-end.

☐☐☐☐☐☐■☐■☐

6. Pour éviter la ? , certains touristes préfèrent voyager durant la basse saison.

☐■☐■☐

7. En quête de ?, beaucoup de touristes préfèrent l'Asie à l'Europe.

☐☐☐☐☐☐☐☐☐■☐

8. Parisiens en mal de nature, ils font une ? en bord de mer certains week-ends.

☐☐■☐■

Mettez dans le bon ordre les lettres des cases roses.
Puis trouvez le mot qui désigne un lieu, un site ou un monument qu'il faut absolument visiter.

_ _ _ _ _ _ _ _ _ _ _ _ _ _

6 NOTRE MONDE • URBANISATION

agglomération f Ballungsraum, Großraum **agglomérer**
Avec son agglomération de plus de 670 000 habitants, Grenoble est la plus grande métropole des Alpes.

anonymat m Anonymität **anonyme**
Certaines personnes apprécient l'anonymat des grandes villes.

banlieue f Vorort, Vorstadt(gürtel) **le/la banlieusard/e**
Neuilly-sur-Seine est une banlieue aisée de Paris.

barre d'immeubles f Wohnblock
Dans ce quartier, des logements à taille humaine ont remplacé les barres d'immeubles des années 70.

bidonville m Slum
La « Jungle » de Calais était un immense bidonville dans lequel vivaient plusieurs milliers de migrants.

bobo m alternativ angehauchter Wohlstandsbürger anglic.
Le Marais, à Paris, a la réputation d'être un quartier de bobos.

centre commercial m Einkaufszentrum **commerce**
Carrefour va bientôt ouvrir un centre commercial à Yaoundé, au Cameroun.

centre-ville m Stadtzentrum, Innenstadt les centres-villes **central**
Ce week-end, le centre-ville de Montpellier accueillera une exposition d'art à ciel ouvert.

citadin m Städter **cité**
Les citadins français optent de plus en plus pour le vélo.

cité-dortoir f Schlafstadt **dormir**
J'ai habité toute ma vie à Athis-Mons, une cité-dortoir au sud de Paris.

commerce m Laden, Geschäft
Faut-il ouvrir les commerces le dimanche ?

---

crise du logement f Wohnungsnot **se loger ; logis**
La Fondation Abbé Pierre appelle à un grand plan national de lutte contre la crise du logement.

---

croissance démographique f Bevölkerungswachstum **≠ décroissance ; croître**
Les villes africaines connaissent une croissance démographique et économique inédites.

---

désertification f Verödung **désert ; désertique**
La désertification du centre-ville touche de nombreuses villes moyennes en France.

---

espace vert m Grünfläche **verdure**
Le nombre d'espaces verts augmente dans la région de Montréal.

---

exode rural m Landflucht **≠ exode urbain ; ruralité**
Pour lutter contre l'exode rural, un village des Alpes suisses a décidé d'offrir une prime à ses nouveaux habitants.

Francilien m Bewohner der Region Île-de-France la Francilienne
Plus d'un million de Franciliens seraient mal logés.

---

grand ensemble m große Wohnanlage **grandir ; grandissant**
À Marseille, les habitants d'un grand ensemble vont être évacués.

---

gratte-ciel m Wolkenkratzer les gratte-ciels/gratte-ciel **= building (anglic.)**
Dans le quartier d'affaires de Lyon, la construction d'un nouveau gratte-ciel vient de commencer.

HLM (habitation à loyer modéré) m (auch: f) Mehrfamilienhaus, Wohnblock mit Sozialwohnungen **habiter**
La mairie de Paris multiplie les HLM dans les quartiers chics.

---

hôtel de ville m Rathaus

La restauration de l'hôtel de ville de Montréal débutera dans un an.

---

hôtel particulier m herrschaftliches Stadthaus particulier, -ière

Un appartement situé dans un hôtel particulier du 7e arrondissement de Paris a été vendu 39 millions d'euros.

---

immeuble m Mehrfamilienhaus, Wohnblock **immobilier, -ière**

Les habitants de cet immeuble sont privés d'ascenseur depuis plusieurs semaines.

---

insalubre heruntergekommen **insalubrité**

Depuis 13 ans, cet homme habite un logement insalubre aux murs et sanitaires abîmés.

---

la capitale die Hauptstadt (Paris) **capital**

Les prix de l'immobilier atteignent des records dans la capitale.

---

la grande couronne die weitere Umgebung von Paris

Moins d'un tiers des habitants de la grande couronne utilisent les transports en commun.

---

la petite couronne die nähere Umgebung von Paris

L'est de la petite couronne, en plein développement, attire les jeunes Parisiens.

---

la province Frankreich (ohne Paris) **provincial**

Un blog propose des guides aux Parisiens qui souhaitent s'installer en province.

---

les beaux quartiers m pl die Villenviertel, die vornehme Wohngegend **beauté**

Plusieurs touristes fortunés ont été victimes de vols dans les beaux quartiers de Paris.

---

loyer m Miete **louer ; locataire**

Les loyers augmentent à Toulouse mais sont moins chers qu'à Montpellier.

---

métro, boulot, dodo etwa: der graue Alltag, Alltagstrott fam. **dormir**
Clément, 27 ans, a quitté la routine du « métro, boulot, dodo » pour s'installer à la campagne.

Paris intra-muros das innere Stadtgebiet von Paris **≠ Paris extra-muros**
Journée sans voitures : il sera interdit de circuler dans Paris intra-muros entre 11 et 18 heures.

pavillon m Einfamilienhaus **pavillonnaire**
Ce pavillon avec jardin est idéal pour une famille nombreuse.

pénurie f Mangel, Knappheit
À Bordeaux, les étudiants sont confrontés à la pénurie de logements.

périphérie f Peripherie, Stadtrand **périphérique**
Sylvie, qui habite dans la périphérie de Rennes, rencontre des difficultés au quotidien pour se rendre au travail.

promiscuité f drangvolle Enge
La promiscuité génère souvent des tensions.

Quartier latin m Pariser Universitätsviertel am linken Seine-Ufer
Le bâtiment historique de l'université de la Sorbonne est situé dans le Quartier latin.

quartier populaire m Arbeiterviertel **peuple**
À Kabaria, un quartier populaire de Tunis, la culture permet de sensibiliser les jeunes à la politique.

quartier résidentiel m Wohn-, Villenviertel résidentiel, -ielle **résider ; résident**
Nous vivons dans ce quartier résidentiel depuis vingt ans.

rive droite Pariser Viertel rechts der Seine **rivière**
Il est allé s'installer rive droite dans un appartement plus confortable.

rive gauche Pariser Viertel links der Seine

Cette marque de vêtements a ouvert une nouvelle boutique rive gauche.

services publics m pl öffentliche Einrichtungen public, publique

La fermeture des services publics s'accélère dans les zones rurales.

studio m Einzimmerwohnung

Cette étudiante en master à l'Université libre de Bruxelles (ULB) habite dans un studio près du quartier européen.

surpeuplé f überbevölkert **peupler ; surpeuplement**

Casablanca, au Maroc, est une ville surpeuplée.

tour f Hochhaus (mit Wohnungen oder Büros); Turm

La tour Montparnasse, à Paris, abrite près de 13 000 bureaux.

ville portuaire f Hafenstadt **port**

Ville portuaire, Le Havre a toujours été tournée vers le monde.

? 29 *Complétez chaque phrase par un mot appartenant à la même famille que le terme entre parenthèses.*

1. Les étudiants et les jeunes actifs sont particulièrement touchés par la crise du ______________________. (se loger)
2. Louis a grandi dans un hôtel particulier situé dans les ______________________ quartiers de la capitale. (beauté)
3. En mai 2019, l'enseigne suédoise Ikea a ouvert un magasin dans le ______________________ de Paris. (central)
4. Dans les années 80, la famille Dupont a habité dans un ______________________ situé dans la banlieue aisée de Bruxelles. (pavillonnaire)

5. Face aux ______________ inaccessibles de la capitale, beaucoup de familles quittent Paris pour s'installer en banlieue ou en province. (louer)

6. Malgré les moisissures et la présence de cafards, il ne peut quitter son studio ______________ faute de moyens. (insalubrité)

7. Ville ______________, Marseille souffre de la pollution due au trafic maritime. (port)

8. La maire de Paris s'est engagée à créer plus d'espaces ______________ et de la forêt urbaine dans la capitale. (verdure)

GÉOGRAPHIE

archipel m Inselgruppe

La Polynésie française est un ensemble de cinq archipels situés dans le sud de l'océan Pacifique.

bordé de gesäumt von — **border ; bord**

Le littoral basque est bordé de plages attirant les surfeurs du monde entier.

champ f Feld, Acker

En 2016, leurs champs de maïs ont été dévastés par des insectes ravageurs.

colline f Hügel

Depuis le château du Hohenbourg, en Alsace, on peut admirer les collines des Vosges du Nord.

côte f Küste; Hang; Weinberg — **côtier, -ière**

Les touristes sont toujours plus nombreux sur la Côte d'Azur.

degré m Grad

La température moyenne pourrait augmenter de 7 degrés d'ici 2100.

doux mild doux, douce **douceur**

Nice est réputée pour son climat doux.

écart de température m Temperaturunterschied

L'été, dans la région de Nantes, l'écart de température entre la ville et la campagne peut atteindre 7 degrés.

---

falaise f Felsen, Steilküste

Les falaises d'Étretat, en Normandie, ont inspiré à Claude Monet de nombreux tableaux.

---

fleuve m (großer) Fluss, Strom **fluvial ; flux**

La province du Québec est traversée par le fleuve Saint-Laurent.

---

frais kühl, frisch frais, fraîche **fraîcheur**

On annonce un temps frais et des risques de pluie durant toute la semaine.

---

frontière f Grenze **frontalier, -ière ; transfrontalier, -ière**

Des policiers allemands contrôlent des véhicules à la frontière entre la France et l'Allemagne.

---

gorge f Schlucht

Les gorges du Verdon attirent chaque année plusieurs milliers de campeurs.

---

haie f Hecke

Les haies ont disparu de nos campagnes pour faciliter le passage des machines agricoles.

---

la Corse Korsika **corse (adj.)**

Napoléon Bonaparte est né à Ajaccio, en Corse, le 15 août 1769.

---

la Manche der Ärmelkanal

Franky Zapata, surnommé « l'homme volant », a traversé la Manche sur son flyboard le 4 août 2019.

---

la Méditerranée das Mittelmeer **méditerranéen, -éenne**

Plus de 500 migrants ont perdu la vie en Méditerranée depuis le début de l'année.

la mer du Nord die Nordsee

Deux plongeurs ont disparu dans la mer du Nord au large des côtes belges.

la météo der Wetterbericht; das Wetter **météorologique**

Sortez les parapluies ! Voici la météo qui vous attend ce week-end…

lac m See

Le lac d'Annecy est souvent décrit comme le plus beau lac des Alpes.

le bassin méditerranéen

der Mittelmeerraum méditerranéen, -éenne **la Méditerranée**

La grenade est l'un des plus anciens fruits connus, récolté depuis des millénaires autour du bassin méditerranéen.

le Midi Südfrankreich

C'est la lumière qui a attiré Vincent Van Gogh dans le Midi.

l'Hexagone m Frankreich (das Sechseck) **hexagonal**

Les Français privilégient les vacances dans l'Hexagone.

littoral m Küste

Il faut préserver le littoral méditerranéen et sa biodiversité unique.

l'océan Atlantique m der Atlantik

Un bateau sans pilote a traversé l'océan Atlantique en 80 jours.

massif montagneux m Berg-, Gebirgsmassiv montagneux, -euse **montagne**

La Chartreuse est un massif montagneux qui s'étend de Grenoble à Chambéry.

paysage m Landschaft **paysager, -ère ; pays**

Cet album de photos met en valeur la diversité des paysages marocains.

plage f Strand

Les plages des Antilles françaises sont menacées par des algues toxiques.

plaine f Ebene

Au nord de Poitiers, les plaines céréalières dominent le paysage.

plateau m (Hoch)plateau **plat**

Cette plante aromatique pousse sur les hauts plateaux de l'Aubrac, dans le Massif central.

pluvieux regnerisch pluvieux, -ieuse **pleuvoir ; pluie**

Le concert a été annulé en raison du temps pluvieux.

prairie f Wiese

Ce jeune couple a délaissé la banlieue parisienne pour les prairies de Normandie.

précipitations f pl Niederschläge **(se) précipiter**

De fortes précipitations se sont abattues sur la Belgique hier soir.

puy m Vulkankegel

La chaîne des Puys, en Auvergne, est classée au patrimoine mondial de l'Unesco depuis 2018.

rivière f Fluss **riverain ; rive**

La Marne est une rivière qui se jette dans la Seine.

ruisseau m Bach **ruisseler**

À Ménéac en Bretagne, des pêcheurs ont nettoyé l'eau du ruisseau.

sol m Boden

Ce légume ne tolère pas les sols humides.

sommet m Gipfel

Le mont Blanc, qui culmine à 4808 m, est le plus haut sommet des Alpes.

tempéré gemäßigt **tempérer ; température**

La Bretagne bénéficie d'un climat tempéré toute l'année grâce à l'influence de la mer.

tempête f Sturm

Une tempête tropicale progresse vers les Antilles.

tremblement de terre m Erdbeben **= séisme ; trembler**

Un tremblement de terre a été enregistré en Guadeloupe, le 25 juillet dernier.

vallée f Tal

La vallée de la Loire compte un nombre important de châteaux.

volcan m Vulkan **volcanique ; volcanologue**

L'un des volcans les plus actifs de la planète est le Piton de la Fournaise, situé sur l'île de la Réunion.

? 30 *Quels sont les équivalents français des mots suivants ? Notez-les.*

1. Felsen, Steilküste ______________________
2. regnerisch ______________________
3. Erdbeben ______________________ • ______________________
4. Küste ______________________ • ______________________
5. Mittelmeerraum ______________________
6. Frankreich ______________________
7. Temperaturunterschied ______________________
8. Feld, Acker ______________________

9. Südfrankreich ______________________

10. mild ______________________

LES ENJEUX DU CHANGEMENT CLIMATIQUE

accord de Paris sur le climat m Pariser Klimaabkommen

L'accord de Paris sur le climat vise à limiter le réchauffement climatique à 2°C, voire à 1,5°C.

agriculture biologique f ökologische Landwirtschaft

agriculteur/-trice ; agricole

Ce vin est issu de l'agriculture biologique.

alerter sur qc auf etw. aufmerksam machen, vor etw. warnen **alerte**

Des chercheurs alertent sur la baisse inquiétante du nombre d'animaux.

antispéciste m/f etwa: militante/r Tierschützer/in, Veganer/in **espèce**

Un boucher a été agressé par des antispécistes.

bilan carbone m CO_2-Bilanz

Amazon, le géant du commerce en ligne, promet un bilan carbone neutre en 2040.

biodégradable biologisch abbaubar **(se) dégrader ; dégradation**

Cette trentenaire crée des vêtements biodégradables.

biodiversité f Artenvielfalt **divers**

Les montagnes sont des refuges de biodiversité.

cancérigène krebserregend **cancer ; cancéreux, -euse**

La pollution de l'air extérieur est « cancérigène », selon l'Organisation mondiale de la santé.

canicule f Hitze(welle) **caniculaire**

Doit-on craindre une nouvelle canicule en août ?

centrale nucléaire f Atomkraftwerk

Fessenheim : la plus ancienne centrale nucléaire de France vit ses derniers mois d'activité

chaîne alimentaire f Nahrungskette **aliment ; alimentation**

Il faut préserver l'équilibre de la chaîne alimentaire.

changer ses comportements seine Verhaltensweisen ändern **se comporter ; comportemental**

Nous devons changer nos comportements de consommation.

charbon m Kohle

En Allemagne, les énergies vertes pourraient remplacer le charbon.

circulation alternée f Fahrverbot zur Verbesserung der Luftqualität **circuler**

Pollution : la préfecture instaure la circulation alternée à Lyon

climatosceptique m/f Klimaskeptiker/in **scepticisme**

Les climatosceptiques sont-ils plus présents dans les médias ?

combustible adj./n. m brennbar, entzündlich/Brennstoff **combustion**

Les combustibles fossiles sont la source principale de chauffage des bâtiments en Suisse.

consommation d'énergie f Energieverbrauch **consommer ; consommateur/-trice**

Une de leurs priorités est de faire baisser la consommation d'énergie de nos habitations.

couche d'ozone f Ozonschicht

Le 16 septembre, c'est la Journée internationale de la protection de la couche d'ozone.

culture hors-sol f Anbau ohne Erde **cultiver**
La culture hors-sol permet d'utiliser beaucoup moins d'eau que l'agriculture traditionnelle.

décharge sauvage f wilde Mülldeponie, -kippe **décharger**
La plus grande décharge sauvage de France se situe dans les Yvelines, aux portes de Paris.

déforestation f Zerstörung des Waldes, Entwaldung
≠ **reforestation, reboisement**
La déforestation de l'Amazonie a presque doublé entre janvier et août 2019.

dérèglement climatique m Klimawandel **(se) dérégler**
Le dérèglement climatique a des effets dévastateurs sur l'environnement.

désertification f Versteppung, Wüstenbildung **se désertifier ; désert**
La désertification menacerait près de 40 % des terres dans le monde.

désherbant m Unkrautvernichter **désherber ; herbe**
L'utilisation du glyphosate, puissant désherbant, est controversée.

détritus m pl Abfälle, Müll
Mardi, les écoliers ont collecté 25 kg de détritus dans le village.

développement durable m Nachhaltigkeit **développer**
La ville d'Angers mise sur le développement durable.

diesel m Diesel
Même récentes, les voitures diesel sont beaucoup trop polluantes.

disparition des espèces f Artensterben **disparaître ; disparu**
L'homme est en grande partie responsable de la disparition des espèces.

durable nachhaltig **durer ; durée**
La styliste Stella McCartney milite pour une mode durable.

eaux usées f pl Abwasser **user**

De nombreux bateaux de croisière rejettent leurs eaux usées en mer.

écocitoyen umweltbewusst écocitoyen, -citoyenne **écocitoyenneté**

Ramasser les déchets sur la plage est un geste écocitoyen.

écologie f Ökologie, Umweltschutz **écologique**

Les Français souhaitent que l'écologie soit la priorité du gouvernement.

écoresponsable umweltbewusst **écoresponsabilité**

Un restaurant écoresponsable vient d'ouvrir dans cette petite ville bretonne.

élevage intensif m Massentierhaltung intensif, -ive **élever ; éleveur/-euse**

Les associations de défense des animaux réclament la fin de l'élevage intensif.

emballage m Verpackung **emballer ; suremballage**

Dans cette épicerie toulousaine, on fait ses courses sans emballage.

empreinte écologique f ökologischer Fußabdruck

Limitons notre empreinte écologique !

en voie d'extinction vom Aussterben bedroht

= en voie de disparition ; s'éteindre

D'après un rapport de l'ONU, un million d'espèces sont en voie d'extinction.

énergies fossiles f pl fossile Energien

Cette banque continue d'investir dans les énergies fossiles.

énergies renouvelables f pl erneuerbare Energien **renouveler**

Le Cameroun veut produire 25 % d'énergies renouvelables d'ici 2030.

énergivore energiefressend **dévorer ; vorace**

L'utilisation de serveurs informatiques est très énergivore.

engrais m Dünger

Les engrais chimiques permettent d'augmenter les rendements des cultures, mais leur utilisation présente des risques pour l'environnement.

éolienne f Windrad **éolien, -ienne**

Les éoliennes fournissent 20 % de l'électricité en Allemagne.

épuiser les ressources naturelles

die natürlichen Ressourcen aufbrauchen **épuisement ; inépuisable**

Nous devons cesser d'épuiser les ressources naturelles et de fragiliser les écosystèmes.

essence f Benzin

Le Danemark propose d'interdire la vente des voitures diesel et essence dans l'Union européenne d'ici 2040.

famine f Hungersnot

Le changement climatique augmente les risques de famine.

flexitarien m Flexitarier flexitarien, -ienne **flexitarisme**

Un flexitarien est une personne qui limite sa consommation de viande sans être exclusivement végétarien.

fonte des glaces f Schmelzen der Polarkappen **fondre**

Plusieurs études montrent que la fonte des glaces s'est accélérée ces dernières années.

forêt vierge f Urwald

En créant des parcs nationaux, le Gabon a préservé une partie de sa forêt vierge.

fumée f Rauch, Qualm **fumer**

Les fumées toxiques émises par certaines usines présentent un risque environnemental et sanitaire.

gaspillage alimentaire m Lebensmittelverschwendung le gaspi (fam.) **gaspiller**
L'application mobile « Too Good To Go » vise à réduire le gaspillage alimentaire.

gaz à effet de serre m Treibhausgas
Les émissions de gaz à effet de serre ont diminué de 4,2 % en France en 2018.

gaz d'échappement m pl Abgase, Auspuffgase **s'échapper**
Les gaz d'échappement participent à la pollution de l'air que nous respirons.

Giec (Groupe d'experts intergouvernemental sur l'évolution du climat) m Weltklimarat
Les experts du Giec ont publié un nouveau rapport.

habitat m natürlicher Lebensraum **habiter ; habitation**
L'habitat des singes dorés, l'espèce de grands singes la plus rare au monde, est menacé au Rwanda.

inépuisable regenerativ, unerschöpflich **≠ épuisable ; puits**
Les énergies renouvelables sont inépuisables.

inondation f Überschwemmung **inonder ; onde**
D'importantes quantités de pluie sont tombées sur le Niger et ont provoqué des inondations.

insecticide m Insektizid, Insektenbekämpfungsmittel **insecte**
Le chlorpyrifos est un insecticide utilisé dans l'agriculture pour lutter contre les pucerons.

irriter reizen **irritable ; irritation**
La pollution irrite les voies respiratoires et favorise les allergies.

la faune et la flore die Tier- und Pflanzenwelt
Quel est l'impact de cette activité sur la faune et la flore locales ?

locavore m/f
Anhänger e-r aus heimischen Erzeugnissen bestehenden Ernährung **locavorisme**
Un locavore se nourrit d'aliments produits près de chez lui.

---

lutte f Kampf **lutter**
La mobilisation de la jeunesse peut-elle relancer la lutte contre le réchauffement climatique ?

---

malbouffe f Junkfood fam. **bouffer (fam.) ; bouffe (fam.)**
Le burger est devenu le symbole de la malbouffe.

---

marée noire f Ölpest **mer**
En 1978, le naufrage de l'Amoco Cadiz au large de la Bretagne provoqua l'une des pires marées noires de l'histoire.

---

mercure m Quecksilber
En Guyane, le mercure utilisé pour l'extraction de l'or pollue les eaux des rivières.

---

métaux lourds m pl Schwermetalle métal **métallique**
Le plomb, le chrome ou le cuivre sont des métaux lourds potentiellement dangereux pour la santé.

---

militant écologiste m Umweltaktivist **militer**
Des centaines de militants écologistes ont occupé un centre commercial parisien.

---

montée du niveau de la mer f Anstieg des Meerespiegels **monter**
En Belgique, l'érosion des côtes et la montée du niveau de la mer inquiètent.

---

nappe phréatique f Grundwasser
Une étude révèle que la nappe phréatique d'Alsace, la plus grande d'Europe, est de plus en plus polluée.

---

nocif schädlich nocif, -ive **nuire à ; nuisance**
Les produits cosmétiques peuvent contenir plusieurs substances nocives pour la santé.

OGM (organismes génétiquement modifiés) m pl gentechnisch veränderte Organismen **gène ; génétique**
Le combat contre les OGM est toujours d'actualité.

panneau solaire m Solaranlage; Sonnenkollektor
D'ici à la fin de l'année, des panneaux solaires seront installés sur les toits de neuf écoles parisiennes.

particules fines f pl Feinstaub
Les moteurs diesel émettent des particules fines.

permaculture f Permakultur, nachhaltige Anbaumethode
La permaculture, c'est laisser faire la nature.

pesticide m Pestizid
La Bretagne sans pesticides, une utopie ?

pétrole m Erdöl **pétrolier, -ière**
La France reste très dépendante des importations de pétrole et de gaz.

pic de pollution m (drastische) Überschreitung der Grenzwerte, Feinstaubrekordwerte
Pendant les pics de pollution, il est déconseillé de faire des efforts physiques.

plastique m Plastik **microplastique**
Le ministère de l'Environnement allemand veut bannir les sacs en plastique des caisses des magasins.

pluie acide f saurer Regen **pleuvoir ; pluvieux, -ieuse**
Les pluies acides ont des conséquences néfastes sur l'environnement.

polluant m Schadstoff **polluer ; pollueur, -euse**
L'ozone est un polluant majeur de l'air.

pollution atmosphérique f Luftverschmutzung **= pollution de l'air**
La pollution atmosphérique est à l'origine de maladies respiratoires.

prendre des mesures Maßnahmen ergreifen
La communauté internationale devrait prendre des mesures pour mieux protéger les baleines.

prime à la conversion f Abwrackprämie
La prime à la conversion a été mise en place pour inciter les Français à se débarrasser de leur vieux véhicule diesel ou essence.

prise de conscience f Umdenken, Einsicht — **prendre conscience de**
La prise de conscience écologique a développé de nouvelles exigences chez les consommateurs.

produits chimiques m pl Chemikalien — **chimie**
La ville de Saint-Quentin, au Québec, ne veut plus de produits chimiques près de ses écoles.

réchauffement climatique m Erderwärmung — **réchauffer**
Les forêts urbaines permettent de lutter contre le réchauffement climatique.

recycler recyceln, wieder verwerten — **recyclage**
Un ingénieur français a trouvé une solution originale pour recycler les mégots de cigarettes.

réfugié climatique m Klimaflüchtling — **refuge**
L'ONU prévoit 250 millions de réfugiés climatiques dans le monde en 2050.

réserve naturelle f Naturschutzgebiet naturel, -elle — **réserver**
La réserve naturelle de Scandola, en Corse, est un véritable paradis de biodiversité.

sauver la planète die Erde retten — **sauvetage**
L'arbre est-il la meilleure arme pour sauver la planète ?

sécheresse f Dürre — **sécher ; dessécher**
Les épisodes de sécheresse seront de plus en plus intenses et fréquents ces prochaines années.

sensibiliser sensibilisieren, aufmerksam machen auf **sensibilisation ; sensible**
La jeune militante suédoise Greta Thunberg veut sensibiliser les chefs d'État à la lutte contre le réchauffement climatique.

seuil m Schwellen-, Grenzwert
Des concentrations en plomb supérieures au seuil sanitaire ont été observées à proximité de la cathédrale Notre-Dame de Paris.

sixième extinction f sechstes großes Artensterben **s'éteindre**
La biodiversité s'effondre, faisant craindre une sixième extinction des espèces.

station d'épuration f Kläranlage **épurer ; pur**
La station d'épuration d'Aubrives, dans les Ardennes, est vieillissante.

surpêche f Überfischung **pêcher ; pêcheur/-euse**
Au Sénégal, la surpêche menace la sécurité alimentaire.

tirer la sonnette d'alarme Alarm schlagen **alarmer ; alarmant**
Cela fait un moment que les scientifiques tirent la sonnette d'alarme, mais on ne les écoute pas.

trafic aérien m Flugverkehr aérien, -ienne
L'augmentation du trafic aérien est devenue une vraie problématique environnementale.

transition énergétique f Energiewende
À quel rythme la transition énergétique se fera-t-elle ?

tri des déchets m Mülltrennung **trier**
Le but de cet atelier est de sensibiliser les enfants au tri des déchets.

urgence climatique f Klimakrise; Klimanotstand **urgent**
Face à l'urgence climatique, il faut agir avec détermination.

31 *Complétez les phrases par le mot ou l'expression qui convient. Assurez-vous, dans certains cas, d'avoir utilisé la bonne forme grammaticale.*

dérèglement • particules fines • disparition • sécheresse • trafic aérien • nocif • pic • fonte • climatosceptique • extinction • lourd • microplastique • tri des déchets • Giec • canicule • désherbant

1. En août 2003, la ______________________________ a fait 15 000 morts en France.
2. Les ______________________________ nient tout lien entre le réchauffement de la planète et l'activité humaine.
3. Le glyphosate, un ______________________________ jugé cancérigène, sera interdit dans l'UE à partir de 2023.
4. Greta Thunberg est l'une des figures de la lutte contre le ______________________________ climatique.
5. Dans son dernier rapport, le ______________________________ tire la sonnette d'alarme et appelle les hommes politiques à agir face à l'urgence climatique.
6. Après un été marqué par deux périodes caniculaires, les agriculteurs sont victimes de la ______________________________.
7. Les abeilles se font de plus en plus rares. Sont-elles en voie de ______________________________ ?

8. La ______________________ des glaces en Arctique menace les ours polaires, devenus le triste symbole de la crise climatique.

9. Lors des ______________________ de pollution dans la capitale, Amandine, Parisienne, préfère rester chez elle.

10. Fruits de mer : dans le nord de la France, on peut retrouver jusqu'à 300 ______________________ dans une seule portion de moules.

11. L'incendie de l'usine pourrait provoquer des effets ______________________ sur la santé des riverains.

12. Paris – Lyon : faut-il supprimer les vols intérieurs en France pour faire baisser le ______________________ ?

13. Le ______________________ fait partie des gestes écoresponsables.

14. Biodiversité : et si une sixième ______________________ de masse était en cours ?

15. Les ______________________ émises par les moteurs diesel provoquent des maladies respiratoires.

16. Après l'incendie de Notre-Dame de Paris, on craint un risque sanitaire dû à la pollution au plomb, un métal ______________________ très dangereux pour la santé.

borner lokalisiert werden **borne**

Le téléphone du suspect a borné dans le secteur.

bracelet électronique m elektronische Fußfessel

Le port du bracelet électronique constitue une alternative à la prison.

caméra de surveillance f Überwachungskamera

L'agression a été filmée par une caméra de surveillance.

détecter aufspüren **détection, détecteur**

Ce système de surveillance permet de détecter les drones indésirables.

écoutes téléphoniques f pl Telefonüberwachung **écouter**

La gendarmerie, qui a mené l'enquête, a multiplié les écoutes téléphoniques.

empreinte digitale f Fingerabdruck **doigt**

La police technique et scientifique a relevé des empreintes digitales dans les quatre véhicules volés.

enregistrer aufnehmen, aufzeichnen **enregistrement**

Il est possible d'enregistrer une conversation téléphonique depuis un smartphone.

fliquer überwachen fam. **le/la flic (fam.)**

« On a l'impression d'être espionné en permanence, d'être fliqué », raconte une salariée.

géolocalisation f Ortung per GPS-Technologie **géolocaliser**

Le système de géolocalisation des secouristes s'est montré efficace.

mettre qn sur écoute jdn. abhören

Cet artiste berlinois a longtemps été mis sur écoute par la Stasi.

résidence surveillée f Hausarrest **résider**

Elle a été libérée le 15 août et placée en résidence surveillée.

technique de reconnaissance faciale f Gesichtserkennungstechnologie

La technique de reconnaissance faciale connaît un développement rapide en Chine.

vidéosurveillance f Videoüberwachung **surveiller**

Le conseil municipal a décidé de faire installer neuf caméras de vidéosurveillance à des endroits stratégiques de la ville.

? **32** *Complétez les phrases par le mot qui convient. Assurez-vous, dans certains cas, d'avoir utilisé la bonne forme grammaticale.*

reconnaissance • vidéosurveillance • bracelet • écoute • empreinte • géolocalisation • borner • fliquer

1. Après les attentats de 2015, la présence policière a été renforcée en France, au point que certains se sentent aujourd'hui ____________________.
2. Tous ceux qui demandent un passeport sont désormais soumis à la prise d'____________________ digitales.
3. Le téléphone portable de la victime a ____________________ pour la dernière fois à 2h37 avant de s'éteindre.
4. La ____________________ faciale représente-t-elle une menace pour les libertés civiles ?
5. Le ____________________ électronique antirapprochement est-il efficace dans la lutte contre les violences conjugales ?
6. Les données de ____________________ ont permis de retracer le parcours du suspect après sa fuite et de l'arrêter.

7. La ______________________ a-t-elle un effet dissuasif sur les voleurs ?

8. Je refuse d'acheter des enceintes intelligentes telles qu'Alexa car je crains d'être mis sur ______________________.

BIOTECHNOLOGIE ET BIOÉTHIQUE

acharnement thérapeutique m lebensverlängernde Maßnahmen **s'acharner sur**
Elle a choisi l'euthanasie car elle ne voulait pas subir d'acharnement thérapeutique.

alimentation artificielle f
künstliche Ernährung artificiel, -ielle **alimenter ; aliment**
L'alimentation artificielle peut prolonger la vie.

anomalie génétique f Gendefekt
Il est atteint d'achromatopsie, une anomalie génétique qui se manifeste par une absence totale de vision des couleurs.

arrêt des traitements m Einstellung der lebenserhaltenden Maßnahmen **arrêter**
Le médecin a ordonné l'arrêt des traitements de son patient.

avortement m Abtreibung **avorter**
Le 26 novembre 1974, Simone Veil monte à la tribune de l'Assemblée nationale pour défendre la loi légalisant l'avortement.

bioéthique f Bioethik **éthique ; éthicien/-ienne**
Le clonage pose un problème de bioéthique.

congélation d'ovules f Einfrieren von Eizellen **congeler**
La congélation d'ovules permet de retarder la maternité.

débrancher qn bei jdm. die Maschinen abstellen **débranchement**
Les médecins estiment qu'il n'y a guère d'autre choix que de la débrancher.

décès m Tod — **décéder**

Je vous invite à lire cet article sur le décès par euthanasie d'une athlète belge, Marieke Vervoort.

dépendance f Pflegebedürftigkeit — **dépendant**

La robotique, une solution à la dépendance des personnes âgées ?

dépistage m (Test zur) Früherkennung — **dépister**

En France, toutes les femmes enceintes ont la possibilité de faire un dépistage de la trisomie 21.

diagnostic prénatal m Pränataldiagnostik — **diagnostiquer**

Lors du diagnostic prénatal, nous avons appris que le fœtus était atteint d'une maladie génétique.

dignité f Würde — **digne**

Cette association se mobilise pour le droit de mourir dans la dignité.

donneur de sperme m Samenspender — **donner ; don**

Faut-il lever l'anonymat des donneurs de sperme ?

donneur d'organe m Organspender la donneuse

Un donneur d'organe rencontre la petite fille qu'il a sauvée.

donneuse d'ovocytes f Eizellenspenderin

Le couple a fait appel à une donneuse d'ovocytes.

droit à l'enfant m Recht auf ein Kind

Peut-on réclamer un droit à l'enfant ?

encadrer

reglementieren, den rechtlichen Rahmen abstecken — **cadre ; encadrement**

Elle s'est longtemps battue pour qu'une loi encadre l'euthanasie en France.

être dans un état végétatif

nicht bei Bewusstsein, im Wachkoma sein végétatif, -ive

Depuis un accident de la route survenu en 2008, Vincent Lambert, ancien infirmier de 42 ans, était dans un état végétatif.

---

euthanasie f Sterbehilfe **euthanasier**

La Belgique est l'un des rares pays européens à avoir entièrement dépénalisé l'euthanasie.

---

expérience sur les animaux f Tierversuch **= expérimentation animale**

Une pétition demande l'arrêt immédiat de toute expérience sur les animaux.

---

fécondation in vitro (FIV) f künstliche Befruchtung **fécond ; fécondité**

« En France, la fécondation in vitro s'est clairement démocratisée », constate la docteure.

---

fin de vie f Lebensende **final**

Comment accompagner les patients en fin de vie ?

---

géniteur m Erzeuger

Elle ne veut plus entendre parler du père biologique ou plutôt du « géniteur » de son enfant.

GPA (gestation pour autrui) f Leihmutterschaft

La GPA pose un certain nombre de questions juridiques, éthiques et sociétales.

---

incurable unheilbar **≠ curable, guérissable**

Il a récemment perdu une amie atteinte d'une maladie incurable.

---

injection létale f tödliche Injektion **injecter**

Aux États-Unis, un tueur en série a été exécuté par injection létale.

IVG (interruption volontaire de grossesse) f

Schwangerschaftsabbruch **interrompre**

L'IVG est autorisée en France depuis 1975.

---

législation f Gesetzgebung **légiférer**

La législation néerlandaise autorise l'euthanasie à partir de 12 ans, avec l'accord des parents.

maintenir qn en vie artificiellement jdn. künstlich am Leben halten **maintien**

Les médecins et sa famille ont décidé de la maintenir en vie artificiellement.

malformation f Fehlbildung

Un enfant sur cent naît avec une malformation cardiaque en France.

médecine palliative f Palliativmedizin palliatif, -ive **médecin**

Le canton de Vaud, en Suisse, est pionnier dans le domaine de la médecine palliative.

mère porteuse f Leihmutter porteur, -euse **porter**

Kelly, une Américaine de 34 ans, a été mère porteuse à trois reprises.

PMA (procréation médicalement assistée) f künstliche Befruchtung **procréer**

Deux tiers des Français sont favorables à l'ouverture de la PMA aux couples de lesbiennes et aux femmes célibataires.

progrès m Fortschritt **progresser**

Cet historien des sciences s'interroge sur l'éthique du progrès scientifique.

puce f Chip

Des employés d'une société belge, implantée près d'Anvers, portent une puce sous la peau pour accéder aux locaux de l'entreprise.

robot chirurgical m Chirurgieroboter, OP-Roboter **robotique**

Les robots chirurgicaux sont de plus en plus présents dans les salles d'opération.

sédation profonde et continue f palliative Sedierung **sédatif, -ive**

Sous certaines conditions, la loi Claeys-Leonetti adoptée en 2016 a ouvert un droit à la sédation profonde et continue jusqu'au décès.

soins palliatifs m pl Sterbebegleitung **soigner**

Léa, infirmière de 28 ans, travaille dans un service de soins palliatifs.

souffrir de qc leiden an, unter **souffrance ; souffrant**

Cela fait neuf ans qu'il souffre de la maladie de Parkinson.

soulever une question eine Frage aufwerfen **(se) questionner**

Cette méthode soulève une question éthique : est-ce moral de faire des expériences sur les animaux ?

suicide médicalement assisté m aktive Sterbehilfe **se suicider**

En France, l'euthanasie dite active et le suicide médicalement assisté sont des pratiques condamnées.

trancher entscheiden; e-e Entscheidung fällen

Le débat sur l'euthanasie et la fin de vie paraît impossible à trancher.

? **33** *Quels sont les équivalents français des mots ou expressions suivants ? Notez-les.*

1. aktive Sterbehilfe ______________________
2. Pflegebedürftigkeit ______________________
3. Tierversuch ______________________
4. künstliche Befruchtung ______________________
5. Einstellung der lebenserhaltenden Maßnahmen ______________________
6. leiden an, unter ______________________
7. Fortschritt ______________________
8. Abtreibung ______________________

9. lebensverlängernde Maßnahmen ______________________

10. Würde ______________________

AVANCÉES TECHNIQUES : CHANCES ET RISQUES

alimenter versorgen, speisen **alimentation**

La batterie de la Peugeot 508 hybride alimente un moteur électrique de 80 kW.

aller sur Mars zum Mars reisen **martien, -ienne**

La Nasa compte aller sur Mars en 2033.

astronaute m/f Astronaut/in **= cosmonaute, spationaute**

L'astronaute français Thomas Pesquet devrait effectuer sa deuxième mission dans l'espace en 2021.

atterrir sur la Lune auf dem Mond landen **= alunir**

Pour la première fois depuis près de cinquante ans, un appareil américain prévoit d'atterrir sur la Lune.

avancée f Fortschritt **avancer**

Cette découverte représente une avancée majeure pour la science.

bracelet d'activité m Fitnessarmband **= bracelet connecté**

Le bracelet d'activité est un objet connecté intelligent qui mesure votre activité physique et vous encourage à faire du sport.

capteur m Sensor **capter**

La ville d'Aix-en-Provence s'équipe de 861 capteurs pour devenir une « smart city » ou « ville intelligente ».

clé USB f USB-Stick

Selon nos informations, une clé USB a été trouvée sur le lieu de travail du tueur.

cyberattaque f Hackerangriff
Le groupe de télévision M6 a été la cible d'une cyberattaque.

---

cybercriminalité f Internetkriminalität
L'Afrique est le continent le plus exposé à la cybercriminalité.

---

cybersécurité f Internetsicherheit **sécuriser ; sûr**
À partir de septembre 2020, à Rennes, la Cyberschool formera des futurs experts en cybersécurité.

---

disruptif bahnbrechend, revolutionär disruptif, -ive **= de rupture**
Des technologies disruptives sont présentées au salon Viva Technology à Paris.

---

données f pl Daten **donner ; don**
Les réseaux sociaux comme Facebook ou Twitter peuvent collecter des données.

---

doté de qc mit etw. ausgestattet **= équipé de qc**
L'appareil est doté de multiples capteurs qui permettent de récolter une grande quantité d'informations.

---

drone m Drohne
Les drones ont acquis en l'espace d'une vingtaine d'années une place considérable dans le domaine militaire.

écran tactile m Touchscreen **toucher**
Les écrans tactiles se sont invités dans notre quotidien.

---

enceinte connectée f Smart Speaker
Vie privée : peut-on faire confiance aux enceintes connectées ?

---

ergonomique benutzerfreundlich **ergonomie**
L'application est très intuitive, ergonomique et simple à utiliser.

---

exploration spatiale f Erforschung des Weltraums **explorer**
Pékin ne cache pas son ambition de s'imposer comme l'un des leaders de l'exploration spatiale.

---

fibre optique f Glasfaser

Le groupe de télécommunications français Orange a annoncé la construction d'un nouveau réseau de fibre optique en Afrique de l'Ouest.

---

gadget m (elektronische) Spielerei

« Polaroid Lab » est un gadget qui transforme vos selfies en photos polaroïd.

---

imprimante 3D f 3-D-Drucker **imprimer ; impression**

Il y a quelques jours, le fabricant de chocolats australien Cadbury a dévoilé sa toute première imprimante 3D.

---

innovation f Innovation, Neuerung **innover ; novateur, -trice**

Voilà une innovation qui pourrait révolutionner le quotidien des cyclistes.

---

intelligence artificielle (IA) f künstliche Intelligenz artificiel, -ielle **intelligent**

L'intelligence artificielle transformera certainement nos vies personnelles et professionnelles.

---

invention f Erfindung **inventer ; inventif, -ive**

Son invention a récolté plus de 30 000 likes sur Twitter.

---

la Terre die Erde **terrestre ; terrien, -ienne**

La Terre doit son surnom « la planète bleue » aux 3 milliards de tonnes d'eau qui recouvrent 70 % de sa surface.

---

maison intelligente f Smarthome

Cette maison intelligente, basée à Blagnac près de Toulouse, s'adapte aux besoins des personnes âgées et handicapées.

---

menacer bedrohen, e-e Bedrohung darstellen für **menace ; menaçant**

Beaucoup d'emplois sont menacés par l'intelligence artificielle.

---

mettre au point entwickeln **mise au point**

Des chercheurs de l'université de Zurich ont mis au point un vaccin contre l'allergie aux chats.

---

piloter à distance aus der Ferne steuern **pilote**

Ce thermostat connecté permet de piloter à distance le chauffage et la climatisation, et ainsi d'économiser jusqu'à 30 % d'énergie.

---

protection des données personnelles f
Datenschutz, Schutz personenbezogener Daten **protéger**

La protection des données personnelles est un enjeu mondial.

---

reconnaissance vocale f Spracherkennung **reconnaître**

Depuis 2017, les clients de la Banque postale peuvent sécuriser leurs paiements sur Internet grâce à la reconnaissance vocale.

---

remplacer ersetzen, verdrängen **remplacement**

L'homme risque-t-il d'être remplacé par la machine ?

---

révolution numérique f digitale Revolution **révolutionnaire**

La révolution numérique, cette formidable opportunité, est aussi un grand défi à relever.

---

robot humanoïde m menschenähnlicher Roboter

Des robots humanoïdes accueillent les patients dans deux hôpitaux belges.

---

station spatiale f Weltraumstation

La Station spatiale internationale (ISS) accueille généralement un équipage de six astronautes.

? 34 *En utilisant les mots du chapitre « Avancées techniques : chances et risques », complétez le tableau de sorte que chaque ligne forme une famille de mots. Les cases avec un tiret (–) restent vides.*

nom	verbe	adjectif
	mettre au point	–

innovation		
		inventif
	donner	–
	capter	–
		sûr
impression		–
–	toucher	
la Terre	–	
	reconnaître	–

MOBILITÉ ET TRANSPORTS

aérien überirdisch aérien, -ienne **air**

Le métro parisien compte 27 stations aériennes, notamment sur les lignes 2 et 6.

aéroport m Flughafen

Elle a été interceptée avec 5 kg de cocaïne à l'aéroport d'Orly, près de Paris.

annuler canceln, streichen **annulation**

En raison des mauvaises conditions météorologiques, le vol au départ d'Ajaccio et à destination de Paris a été annulé.

arrêt m Halt, Haltestelle **s'arrêter**

Pour la sécurité des collégiens, l'arrêt de bus a été déplacé rue Lafayette.

atterrir landen **atterrissage**

Un avion atterrit d'urgence après une panne de moteur.

autocar m Reisebus **= un car**
L'opérateur Flixbus va mettre en circulation deux autocars électriques sur la ligne Paris-Amiens.

autopartage m Carsharing **partager**
À Berlin, Volkswagen se lance enfin dans l'autopartage.

autoroute f Autobahn **autoroutier, -ière**
Une voiture est entrée en collision avec une vache sur l'autoroute A6 entre Berne et Bienne.

avion long-courrier m
Langstreckenflugzeug des avions long-courriers **= un long-courrier**
La Chine et la Russie s'allient pour construire un avion long-courrier.

bateau-mouche m kleines Vergnügungsschiff auf der Seine
Cette journée mémorable s'est terminée par une balade en bateau-mouche sur la Seine.

bondé überfüllt
Pour éviter le bus bondé le matin, je prends ma voiture jusqu'à l'arrêt de tramway.

bouchon m Stau **bouchonner (fam.)**
En région parisienne, il est possible de passer jusqu'à 2h34 dans les bouchons.

bus de nuit m Nachtbus
Les Noctiliens sont les bus de nuit qui sillonnent l'Île-de-France entre 0h30 et 5h30.

camion m Lastwagen, LKW **= poids lourd**
À Cherbourg, un piéton meurt renversé par un camion.

cheminot m Eisenbahner la cheminote
La SNCF tente d'apaiser la colère des cheminots.

circuler fahren **circulation**
Plus de 400 bus circulent dans l'agglomération de Bordeaux.

compagnie aérienne f Fluggesellschaft aérien, -ienne

La compagnie aérienne Lufthansa annonce pour l'été prochain deux nouvelles liaisons vers Rhodes et Zakynthos en Grèce.

---

composter entwerten **compostage**

« J'étais en train de téléphoner, j'ai oublié de composter mon ticket », explique-t-il au contrôleur.

---

conducteur m Fahrer la conductrice **conduire**

La SNCF teste son premier train sans conducteur.

---

correspondance f Anschluss

Je risque de rater ma correspondance à Bruxelles.

---

covoiturage m

Fahrgemeinschaft(sdienst); Mitfahrgelegenheit **covoiturer ; covoitureur/-euse**

La plateforme Blablacar, leader du covoiturage, compte aujourd'hui 70 millions d'utilisateurs dans une vingtaine de pays.

---

décoller abheben, starten **décollage**

Son avion décolle dimanche.

---

desservir (une station) (e-e Haltestelle) anfahren **desserte**

À Grenoble, la ligne B du tramway ne dessert plus la station « Cité internationale ».

---

embouteillage m Stau, stockender Verkehr **embouteiller**

Un embouteillage de près de 6 kilomètres est en cours sur l'A7 en direction de Marseille.

---

entretenir instand halten **entretien**

L'État français investit pour entretenir son réseau routier.

---

escale f Zwischenstopp, Zwischenlandung

À notre retour, nous avons dû faire une escale à Amsterdam.

---

faire un détour einen Umweg machen **tourner ; détourner**

Ce soir-là, avant de rentrer chez elle, la jeune étudiante avait fait un détour par la petite librairie du quartier.

ferroviaire Eisenbahn-, Bahn-

La Région Occitanie veut développer son offre de transport ferroviaire.

flasher blitzen anglic.

Les Belges seraient les étrangers les plus souvent flashés sur les routes françaises, suivis par les Néerlandais et les Allemands.

gare routière f Busbahnhof routier, -ière

Nous les avons rencontrés à la gare routière de Saint-Denis.

gyropode m Segway, Stehroller

De plus en plus de grandes villes se visitent en gyropode.

heure de pointe f Stoßzeit, Hauptverkehrszeit

Environ 100 000 personnes se rendent chaque matin dans le quartier de La Défense à Paris, à l'heure de pointe entre 8h30 et 9h30.

la RATP (Régie autonome des transports parisiens) Pariser Verkehrsbetriebe

La grève des agents de la RATP perturbera fortement les transports en Île-de-France ce vendredi.

la SNCF (Société nationale des chemins de fer français)
staatliche französische Eisenbahngesellschaft

Des centaines de Marocains ont quitté leur pays à la fin des années 1970 pour travailler à la SNCF.

le RER (réseau express régional) S-Bahn, Vorortzug in Paris und Umgebung

Faites attention aux pickpokets dans le métro parisien et le RER !

liaison f Verbindung **(re)lier**

La liaison entre les deux stations est assurée par une navette sans chauffeur.

limitation de vitesse f Geschwindigkeitsbegrenzung **limiter**
En 2018, la France a imposé une limitation de vitesse à 80 km/h sur ses routes secondaires.

micromobilité f Mikromobilität **mobile**
Trottinettes électriques, gyropodes, monoroues… La micromobilité urbaine est en vogue.

mise en service f Inbetriebnahme, Bereitstellung
À Nice, la mise en service de la ligne 3 du tramway est imminente.

montgolfière f Heißluftballon
La montgolfière a été inventée par les frères Montgolfier, Joseph-Michel et Jacques-Étienne, en 1782.

moyen de transport m Transport-, Verkehrsmittel
Le vélo est un moyen de transport écologique très apprécié des Français.

navette f Shuttlebus
Pour accéder au Mont-Saint-Michel, nous avons pris une navette gratuite.

navette fluviale f Wassertaxi **fleuve**
À partir du 15 juillet et pour une durée de 4 mois, une navette fluviale électro-solaire sera testée sur la Seine à Rouen.

panneau m Schild
La voiture a descendu la route sans s'arrêter au panneau stop.

péage m Autobahngebühr, Maut; Mautstelle
Durant deux jours, le péage de Saint-Jean-les-Deux-Jumeaux sur l'autoroute A4 sera fermé à la circulation.

périphérique m
Ringautobahn, Umgehungsstraße périf/périph (fam.) **périphérie**
Un autocar a pris feu ce jeudi peu avant 14h30 sur le périphérique.

piéton m Fußgänger la piétonne **piétonnier, -ière**

La Ville de Montréal propose 22 mesures pour mieux protéger les piétons.

piste cyclable f Radweg **bicyclette**

New York va se doter de 400 km de pistes cyclables.

place de parking f Parkplatz

Dans cette commune, un ancien immeuble a été détruit pour créer des places de parking.

ponctualité f Pünktlichkeit **ponctuel, -elle**

Les trains suisses et japonais sont réputés pour leur ponctualité.

portique m Schleuse

Passer les portiques de métro avec son smartphone est désormais possible.

quai m Bahnsteig

En Île-de-France, fumer sur le quai peut vous coûter cher.

rame de métro f U-Bahn

Un adolescent de 14 ans s'est très grièvement blessé en chutant depuis le toit d'une rame de métro.

réseau ferroviaire m Schienennetz **ferré**

La sécurité du réseau ferroviaire français est à nouveau pointée du doigt.

réseau routier m Straßenverkehrsnetz routier, -ière **route**

Plusieurs phénomènes liés aux changements climatiques affectent durement le réseau routier québécois.

retard m Verspätung **retarder ; tardif, -ive**

Pierre, qui vient juste d'arriver à la gare Montparnasse à Paris, n'a subi aucun retard de train.

route nationale f Nationalstraße, Fernverkehrsstraße

La route nationale 7, célèbre route des vacances qui reliait Paris à la Côte d'Azur, a marqué des générations de Français.

saturé gesättigt, überfüllt **saturation**

40 000 véhicules empruntent chaque jour cette route saturée.

se déplacer s. fortbewegen **déplacement**

Les Flamands sont beaucoup plus nombreux à se déplacer en transports en commun que les Wallons.

se garer parken

Il est plus facile de se garer ici que dans le centre-ville.

tarif m Fahrpreis

Vous pourrez bénéficier d'un tarif réduit si vous êtes étudiant.

TGV (train à grande vitesse) m Hochgeschwindigkeitszug

La gare TGV de Colmar est située à un quart d'heure à pied du centre-ville.

trafic dense m hohes Verkehrsaufkommen

Vacances de Pâques : on annonce un trafic dense ce week-end autour des grandes villes.

train de marchandises m Güterzug **= train de fret**

Le premier train de marchandises reliant directement Londres à la Chine est arrivé à destination après un voyage de trois semaines.

train-couchettes m Nachtzug mit Liegewagen (se) **coucher**

Et si voyager en train-couchettes redevenait tendance ?

trajet m Strecke, Fahrt

Comment occuper les enfants sur le trajet des vacances ?

tram(way) m Straßenbahn, Tram

À Lyon, une conductrice de tramway a été agressée.

transports en commun m pl öffentliche Verkehrsmittel

En France, plus de la moitié des femmes (51 %) affirment se sentir en insécurité dans les transports en commun.

trottinette électrique f E-Scooter **trottiner**

Dès juillet 2020, rouler sur le trottoir avec une trottinette électrique sera passible d'une amende de 135 euros.

tunnel sous la Manche m Eurotunnel, Tunnel unter dem Ärmelkanal

Le 6 mai 1994, François Mitterrand et la reine Élisabeth II inauguraient le tunnel sous la Manche.

ubérisation f Uberisierung **ubériser**

Les chauffeurs de taxi dénoncent l'ubérisation de leur métier.

véhicule m Fahrzeug **véhiculer**

À Toulouse, en 2020, les véhicules polluants ne pourront plus circuler sur certains axes.

vélo électrique m E-Bike, elektrisches Fahrrad

Le plus petit vélo électrique du monde peut se ranger dans un sac à dos !

voie f Gleis

Le train partira exceptionnellement de la voie 4.

voiture autonome f selbstfahrendes Auto

Tous les constructeurs automobiles travaillent sur un modèle de voiture autonome.

vol m Flug **voler**

Leur vol a été annulé et aucune information ne leur a été donnée.

voyageur m Reisender, Fahrgast la voyageuse **voyager ; voyage**

Le métro parisien est fréquenté chaque jour par des millions de voyageurs.

VTC (véhicule de tourisme avec chauffeur) m Fahrdienstanbieter

New York impose un salaire minimum pour les chauffeurs de VTC.

? 35 *Trouvez pour chaque phrase la fin qui convient.*

1. Lors de leur week-end en amoureux à Paris, Antoine et Leïla ont	a) la concurrence déloyale des chauffeurs de VTC.
2. En raison du retard de son TGV Strasbourg-Paris, Yves a raté sa	b) face aux trottinettes électriques.
3. Les Parisiens et banlieusards ont l'habitude des transports	c) du covoiturage.
4. Sur les trottoirs des centres-villes, les piétons se sentent souvent en insécurité	d) l'ubérisation du marché du travail.
5. Dans les années 60 et 70, de nombreux Français empruntaient la route	e) les compagnies aériennes.
6. Pendant la grève de la SNCF, Elsa fait	f) correspondance pour Toulouse.
7. Les chauffeurs de taxi dénoncent	g) bondés, surtout aux heures de pointe.
8. Les livreurs à vélo et les chauffeurs de VTC sont devenus les symboles de	h) escale au port de Marseille.
9. L'instauration d'une taxe sur le kérosène pourrait affaiblir	i) fait un tour en bateau-mouche.
10. Après Barcelone et Savone en Italie, le navire de croisière fait	j) nationale 7, reliant Paris à Menton sur la Côte d'Azur.

1. ____ 2. ____ 3. ____ 4. ____ 5. ____

6. ____ 7. ____ 8. ____ 9. ____ 10. ____

8 LA FRANCE DANS LE MONDE
RELATIONS FRANCO-ALLEMANDES

Arte deutsch-französischer Kultursender
Arte, la chaîne de télévision franco-allemande, a été créée en 1992.

bilatéral bilateral
Cet événement pourrait avoir un impact sur les relations bilatérales entre la France et l'Allemagne.

bilingue zweisprachig **≠ monolingue ; bilinguisme**
La Sarre veut devenir un Land bilingue d'ici 2043.

conflit m Konflikt **conflictuel, -elle**
Nos deux nations se sont affrontées à plusieurs reprises dans des conflits sanglants.

coopération f Kooperation
La brigade franco-allemande est un symbole de la coopération militaire entre Paris et Berlin.

couple m Paar
Le couple franco-allemand est-il en crise ?

différences culturelles f pl kulturelle Unterschiede **différencier ; différent**
Sur Arte, l'émission Karambolage décrit les différences culturelles entre les Allemands et les Français.

dissension f Unstimmigkeit, Meinungsverschiedenheit **= désaccord**
Il existe des dissensions entre la France et l'Allemagne concernant la gestion de la crise financière.

double diplôme m Doppeldiplom
L'Abibac est un double diplôme qui permet d'obtenir à la fois l'Abitur et le baccalauréat.

échange scolaire m Schüleraustausch **échanger**
J'ai participé à un échange scolaire avec des collégiens allemands.

enjeu m Herausforderung; Thema, Anliegen
Face aux enjeux climatiques, le couple franco-allemand doit agir.

ennemi héréditaire m Erbfeind **hériter ; hérédité**
Des deux côtés du Rhin, on parla autrefois de « l'ennemi héréditaire ».

entente f Einvernehmen, gegenseitiges Verständnis **s'entendre**
L'entente entre la France et l'Allemagne est indispensable au bon fonctionnement de l'Europe.

filière bilingue f bilingualer Zug
À Strasbourg, une école recherche un professeur d'allemand pour sa filière bilingue.

franco-allemand deutsch-französische/r/s
Chaque année, la Journée franco-allemande a lieu le 22 janvier.

humiliation f Demütigung, Erniedrigung **humilier ; humiliant**
En 1919, la signature du traité de Versailles a été ressentie comme une humiliation en Allemagne.

jumelage m Städtepartnerschaft **jumelé ; jumeau/jumelle**
La ville de Boulogne-sur-Mer célèbre ses 60 ans de jumelage avec la commune de Zweibrücken.

lien m Verbindung, Band **lier ; relier**
L'Allemagne et la France entretiennent des liens étroits.

l'Office franco-allemand pour la jeunesse (OFAJ) m das Deutsch-Französische Jugendwerk (DFJW)
L'Office franco-allemand pour la jeunesse soutient de nombreux programmes d'échanges et de mobilité.

manuel d'histoire m Geschichtsbuch

Depuis 2006, les lycéens français et allemands disposent d'un manuel d'histoire commun.

---

méfiance f Misstrauen **se méfier de ; méfiant**

Les relations entre les Français et les Allemands ont longtemps été marquées par la peur et la méfiance.

---

mettre en réseau (miteinander) vernetzen

L'Université franco-allemande met en réseau des établissements universitaires de chaque côté de la frontière.

---

moteur m Motor, Antriebskraft

Emmanuel Macron veut relancer le moteur franco-allemand.

---

outre-Rhin in, nach Deutschland (auf der anderen Seite des Rheins)

Sur 83 millions d'habitants outre-Rhin, près de 21 % ont plus de 65 ans.

---

pacifique friedlich **paix ; paisible**

L'Allemagne et la France ont développé des relations pacifiques.

---

partenaire m/f Partner/in **partenariat**

La France n'est plus le premier partenaire commercial de l'Allemagne.

---

peuple m Volk **peupler ; populaire**

Les Allemands et les Français sont deux peuples voisins.

---

poignée de main f Händedruck

La poignée de main entre François Mitterrand et Helmut Kohl est un geste symbolique de la réconciliation franco-allemande.

---

poser les fondements de das Fundament, die Grundlage legen zu

Signé en 1963, le traité de l'Élysée a posé les fondements d'une paix durable en Europe.

---

projet m Projekt, Vorhaben **projeter**

En Allemagne, l'Institut français s'investit dans de multiples projets culturels.

---

promouvoir fördern **promotion**

Le programme FranceMobil permet de promouvoir l'apprentissage du français dans les écoles allemandes.

---

rapprochement m Annäherung **se rapprocher de ; proche**

Le politologue et historien Alfred Grosser est l'un des grands noms du rapprochement franco-allemand.

---

réconciliation f Aussöhnung **(se) réconcilier**

Connaissez-vous les grandes étapes de la réconciliation franco-allemande ?

---

relations f pl Beziehungen

Les relations entre Paris et Berlin se sont dégradées.

---

rencontre f Begegnung **(se) rencontrer**

La question de l'immigration devrait être abordée lors de la rencontre entre le président français et la chancelière allemande.

---

renforcer verstärken, ausbauen **renforcement ; force**

Renforcer la coopération entre la France et l'Allemagne, tel est l'objectif du traité d'Aix-la-Chapelle.

---

réussite f Erfolg **réussir**

Airbus est un exemple de réussite franco-allemande.

---

sceller besiegeln **sceau**

Charles de Gaulle et Konrad Adenauer ont scellé la réconciliation entre nos deux pays.

---

signer unterzeichnen, unterschreiben **signature ; signe**

Le 22 janvier 2019, à Aix-la-Chapelle, Emmanuel Macron et Angela Merkel ont signé un nouveau traité franco-allemand.

---

surmonter überwinden **surmontable**

Paris et Berlin ont tout intérêt à surmonter leurs désaccords.

tendu angespannt, gespannt **tendre ; tension**

C'est dans un climat tendu que le président français se rendra à Leipzig la semaine prochaine.

transfrontalier

grenzübergreifend, grenzüberschreitend transfrontalier, -ière **frontière**

La Moselle et la Sarre souhaitent renforcer leur coopération transfrontalière.

ville jumelée f Partnerstadt

Bischwiller, en Alsace, est la ville jumelée de Hornberg, dans le land de Bade-Wurtemberg.

? **36** *En utilisant les termes du chapitre « Relations franco-allemandes », complétez le tableau de sorte que chaque ligne forme une famille de mots. Les cases avec un tiret (–) restent vides.*

nom	**verbe**	**adjectif**
		tendu
	sceller	–
	(se) rencontrer	–
réconciliation		–
	se rapprocher de	
		jumelé
	se méfier de	

	s'entendre	–
bilinguisme	–	
humiliation		
	échanger	–
différence		

LA FRANCE EN EUROPE

adhésion f Beitritt **adhérer ; adhérant**
En cas d'adhésion à l'Union européenne, la Suisse ne serait pas forcée d'adopter l'euro.

anti-européen
antieuropäisch, europafeindlich anti-européen, -enne **l'Europe**
Au Royaume-Uni, le nouveau parti anti-européen triomphe.

attrait m Anziehungskraft, Reiz **attirer ; attractif, -ive**
L'Europe exerce un attrait sur les jeunes Tunisiens qui n'ont pas de perspectives d'avenir dans leur pays.

avoir pour mission zur Aufgabe haben
Les institutions européennes ont pour mission de défendre l'intérêt général.

Banque centrale européenne (BCE) f Europäische Zentralbank (EZB)
La Banque centrale européenne met en œuvre la politique économique et monétaire de l'Union européenne.

bureaucratie f Bürokratie **bureaucratique**

La France est-elle aux ordres de la bureaucratie européenne ?

commerce extérieur m Außenhandel **commercer ; commercial**

Près de 90 % du commerce extérieur de l'Union européenne est assuré par la mer.

Commission européenne f Europäische Kommission

L'Allemande Ursula von der Leyen est la première femme à diriger la Commission européenne.

commun gemeinsam commune **communauté**

Les pays d'Europe s'accordent sur des objectifs communs avant la conférence sur le climat.

communautaire EU-, der Europäischen Union

L'égalité hommes-femmes est l'un des principes fondamentaux du droit communautaire.

Conseil européen m Europarat **conseiller ; conseiller/-ère**

Le Conseil européen réunit tous les chefs d'État ou de gouvernement des pays membres de l'UE.

Cour européenne des droits de l'homme f Europäischer Gerichtshof für Menschenrechte

La Cour européenne des droits de l'homme siège à Strasbourg.

crise bancaire f Bankenkrise **banque ; banquier/-ière**

Voilà plus de dix ans que la crise bancaire s'est propagée en Europe.

crise migratoire f Flüchtlingskrise

L'Europe se déchirera-t-elle autour de la crise migratoire ?

détracteur m Gegner, Kritiker la détractrice

Le Brexit donne des idées aux détracteurs de l'UE.

directive f Richtlinie **directif, -ive ; droit**

Une directive européenne interdit les expérimentations animales pour les cosmétiques.

disparités f pl Unterschiede

De fortes disparités demeurent en Europe en ce qui concerne l'espérance de vie.

droits de douane m pl Zollgebühren, Zölle **douanier/-ière**

L'UE impose des droits de douane sur les véhicules américains importés en Europe.

élargissement m Erweiterung **élargir**

L'élargissement de l'Union européenne à de nouveaux pays fait débat.

entrer en vigueur in Kraft treten **entrée en vigueur**

Le règlement général européen sur la protection des données est entré en vigueur en mai 2018.

État membre m Mitgliedsstaat

Cet accord devra d'abord être ratifié par les États membres de l'UE.

Europe à deux vitesses f Europa der zwei Geschwindigkeiten **vite**

En matière de chômage, une Europe à deux vitesses s'installe durablement.

eurosceptique europaskeptisch, europakritisch **euroscepticisme**

Les eurosceptiques britanniques militaient depuis longtemps pour un Brexit.

indépendantiste Unabhängigkeits- **dépendre de ; indépendance**

Les mouvements indépendantistes représentent une menace pour l'unité européenne.

instauration f Einführung **instaurer**

Nous sommes favorables à l'instauration d'un salaire minimum en Europe.

intégration f Integration **intégrer**

Un tiers des Européens, selon ce sondage, sont favorables à une intégration européenne plus forte.

le marché intérieur européen der Europäische Binnenmarkt
Le marché intérieur européen comptait 500 millions de consommateurs en 2019.

l'espace Schengen m der Schengenraum
Les citoyens européens peuvent voyager librement au sein de l'espace Schengen.

liberté de circulation f Freizügigkeit — **libre ; librement**
La liberté de circulation des personnes est un principe fondateur de la construction européenne.

libre-échange m Freihandel
L'accord de libre-échange entre l'Union européenne et le Canada (Ceta) est très controversé.

l'Union européenne (UE) f die Europäische Union
Combien y a-t-il de langues dans l'Union européenne ?

marchandise f Ware — **marchand ; marché**
De plus en plus de marchandises chinoises entrent en Europe via le port du Pirée, en Grèce.

monétaire Währungs- — **monnaie**
La zone euro est une union économique et monétaire.

monnaie unique f einheitliche Währung, Einheitswährung
La monnaie unique européenne célèbre ses 20 ans d'existence.

montée f Erstarken — **monter**
Comment expliquer la montée des populismes en Europe ?

négociation f Verhandlung — **négocier**
À Bruxelles, les négociations sur le Brexit se poursuivent dans un climat de défiance.

paralyser lähmen — **paralysie**
Un succès des populistes aux élections européennes pourrait paralyser l'UE.

Parlement européen m Europaparlament
Le Parlement européen a voté ce mercredi pour l'interdiction des plastiques à usage unique.

---

la politique agricole commune (PAC) die Gemeinsame Agrarpolitik (GAP)
Le budget de la politique agricole commune devrait encore baisser.

---

programme Erasmus m Erasmus-Programm
Chaque année, 100 000 jeunes Français partent étudier à l'étranger dans le cadre du programme Erasmus.

---

puissance f Macht **puissant**
La France et l'Allemagne sont deux grandes puissances de l'UE.

---

quota m Quote
La mise en place de quotas de réfugiés divise les Européens.

---

référendum m Referendum, Volksentscheid
Lors d'un référendum en 2016, les Britanniques ont voté pour quitter l'UE.

---

refondation f Neuaufstellung **refonder ; fondation**
Le président français prône la « refondation » de l'UE.

---

se concerter s. beraten **concertation**
Les ministres de l'UE se concertent après l'élection de Donald Trump.

---

siéger s-n Sitz haben, sitzen **siège**
La Commission européenne siège à Bruxelles.

---

sortie f Austritt **sortir**
Brexit : comment se préparer à la sortie du Royaume-Uni de l'Union européenne ?

---

souverainiste m
Verfechter e-s Europas der Nationalstaaten **souveraineté ; souverain**
En Pologne, un front pro-européen défie les souverainistes.

---

zone euro f Eurozone

La Lituanie a rejoint la zone euro en 2015.

? 37 *Remplacez les points d'interrogation par des mots formés à partir des syllabes ci-dessous.*

a • tiques • dou • naie • ration • tée • mon • euro • concer • circu • mon • instau • tie • scep • dhésion • tés • sor • ane • lation

1. La ? du Royaume-Uni de l'UE inquiète les pêcheurs français qui craignent les conséquences d'un Brexit sans accord.

2. Insécurité économique, chômage, solitude… Autant de facteurs qui expliquent la ? des populismes en Europe.

3. Les États-Unis pourraient imposer des droits de ? sur les vins français.

4. L'arrivée au pouvoir des ? dans plusieurs pays européens paralyse l'UE.

5. L' ? de quotas pour la répartition des réfugiés divise l'Europe.

6. Le Parlement européen est favorable à l' ? de l'Albanie et de la Macédoine du Nord à l'UE.

7. La ? unique européenne permet de voyager à travers de nombreux pays de l'UE sans être obligé de passer par un bureau de change.

8. Grâce à la liberté de ?, les Européens peuvent voyager sans passeport au sein de l'espace Schengen.

9. Réunis à Bruxelles, les chefs d'État des pays de l'UE se sont ? jusqu'au petit matin.

Mettez dans le bon ordre les lettres des cases roses pour trouver le personnage historique qui a donné son nom au programme Erasmus.

__ __ __ __ __ __

VISAGES DE LA FRANCOPHONIE

autochtone eingeboren, indigen

Les Attikameks sont un peuple autochtone du Québec.

avoir qc en partage etw. (miteinander) teilen **partager ; part**

L'Organisation internationale de la francophonie regroupe les pays qui ont le français en partage.

coopération f

Kooperation, Zusammenarbeit; Entwicklungshilfe **coopérer ; coopérant**

La France veut développer des projets de coopération culturelle avec le Rwanda.

coutume f Brauch

Nous avons reçu un collier de fleurs en signe de bienvenue, comme le veut la coutume polynésienne.

créole adj./n. kreolisch/Kreol **créolité**

La confiture de bananes est une spécialité créole facile à préparer.

département et région d'outre-mer (DOM-ROM) m

Überseedepartement und -region

Le chômage est en hausse dans les départements et régions d'outre-mer.

descendants m pl Nachkommen **descendre de qn**

Aux Antilles françaises, les Békés sont les descendants des premiers colons européens.

diversité culturelle f kulturelle Vielfalt **divers**

Le territoire de la Nouvelle-Calédonie est riche d'une grande diversité culturelle.

d'outre-mer aus den Überseedepartements

Les produits d'outre-mer ont eu cette année un grand succès au Salon de l'agriculture, à Paris.

espace linguistique m Sprachraum **langue**

La francophonie est un espace linguistique et culturel.

francophone französischsprachig

Michel Houellebecq est l'un des auteurs francophones les plus traduits à l'étranger.

francophonie f Frankofonie, französischsprachige Welt

TV5 Monde est la chaîne de la francophonie.

île f Insel **insulaire**

Sur l'île de la Réunion, les attaques de requins sont de plus en plus fréquentes.

indépendantiste m/f

Unabhängigkeitsbefürworter/in **indépendance ; indépendant**

Les indépendantistes prennent la tête du Congrès de Nouvelle-Calédonie.

la Belle Province Bezeichnung für die Provinz Quebec

La capitale de la Belle Province attire de nombreux touristes.

la France d'outre-mer die frz. Überseegebiete
Emmanuel Macron dévoile ses plans pour aider la France d'outre-mer.

la France métropolitaine Kontinentalfrankreich
Le moustique tigre a fait son apparition en France métropolitaine en 2004.

la Guadeloupe
Guadeloupe (Inselgruppe in der Karibik) **le/la Guadeloupéen, -enne**
En 2009, un mouvement social contre la vie chère paralysait la Guadeloupe.

la Guyane Französisch-Guayana (im Norden Südamerikas) **le/la Guyanais/e**
La fusée Ariane 5 a décollé du centre spatial de Kourou, en Guyane.

la Martinique Martinique (Insel in der Karibik) **le/la Martiniquais/e**
Au XVIIIe siècle, le cacao était le produit phare de la Martinique.

la métropole Kontinentalfrankreich **métropolitain**
Sept jeunes Polynésiens ont rejoint la métropole pour suivre une formation en gendarmerie.

la Nouvelle-Calédonie
Neukaledonien (Inselgruppe östlich von Australien) **le/la Calédonien/-ienne**
Les finances de la Nouvelle-Calédonie sont dans le rouge.

la Réunion la Réunion (Insel im Indischen Ozean) **le/la Réunionnais/e**
Une baleine d'une espèce rare a été aperçue, vendredi, au large de la Réunion.

la Suisse romande die französischsprachige Schweiz **le Suisse/la Suissesse**
Plus de quatre personnes sur cinq écoutent la radio en Suisse romande.

la Wallonie Wallonien (französischsprachiges Belgien) **le/la Wallon/-onne**
En Wallonie, les écoles d'art attirent de nombreux étudiants français.

l'Afrique francophone f das frankophone Afrika
Le Sénégal est un pays d'Afrique francophone.

langue de travail f Arbeitssprache

Le français pourra-t-il redevenir la première langue de travail des institutions européennes ?

---

langue d'enseignement f Unterrichtssprache **enseigner ; enseignant**

Le choix de la langue d'enseignement au Maroc, et plus largement au Maghreb, est un enjeu politique.

---

langue maternelle f Muttersprache

La langue maternelle de la plupart des Réunionnais est le créole.

---

langue minoritaire f Minderheitensprache **minorité**

La Suisse reconnaît désormais le francoprovençal et le franc-comtois comme des langues minoritaires.

---

langue officielle f Amtssprache

Le français est la seule langue officielle du Québec.

---

langue véhiculaire f Verkehrssprache **véhiculer**

L'anglais sert de langue véhiculaire à l'importante communauté internationale du Luxembourg.

---

le Maghreb

der Maghreb, die Maghrebstaaten (Algerien, Marokko, Tunesien) **maghrébin**

Cette compagnie aérienne propose des vols à bas coût entre la France et le Maghreb.

---

les Antilles f pl die Antillen (Inselgruppe in der Karibik) **antillais**

La tempête tropicale Dorian menace les Antilles françaises.

---

les Caraïbes f pl die Karibik

La Chine veut étendre son influence dans les Caraïbes.

---

les Kanaks m pl die neukaledonischen Ureinwohner

Ces jeunes Kanaks défendent l'indépendance de la Nouvelle-Calédonie.

---

locuteur m Sprecher la locutrice
Il y aurait 300 millions de locuteurs francophones sur la planète.

Mayotte Mayotte (Insel im Indischen Ozean) **le/la Mahorais/e**
84 % de la population de Mayotte vit sous le seuil de pauvreté.

métis m Person, deren Eltern unterschiedl. Ethnien angehören la métisse **métissage**
Le Premier ministre belge présente ses excuses aux métis issus de la colonisation belge.

métissé multikulturell geprägt
L'univers métissé de la chanteuse Jain a conquis le public français.

Organisation internationale de la Francophonie (OIF) f Internationale Organisation der Frankofonie
L'Arabie saoudite aimerait rejoindre l'Organisation internationale de la Francophonie.

orpaillage m Goldwäsche **or ; orpailleur/-euse**
L'orpaillage illégal est un véritable fléau en Guyane.

passé colonial m koloniale Vergangenheit
Parler du passé colonial de la France, c'est évoquer un sujet délicat.

plurilinguisme m Mehrsprachigkeit **plurilingue**
Au Luxembourg, le plurilinguisme dans les crèches fait débat.

promotion f Vermittlung **promouvoir**
L'Alliance française œuvre à la promotion de la langue française à l'étranger.

québécois in Quebec gesprochenes Französisch **le/la Québécois/e**
Les expressions québécoises sont aussi amusantes qu'étonnantes.

rayonnement m Einfluss fig. **rayonner**
L'Afrique : nouveau centre de rayonnement de la francophonie

référendum d'autodétermination m Referendum über die Selbstbestimmung

Un premier référendum d'autodétermination a lieu, le 4 novembre 2018, en Nouvelle-Calédonie.

---

réserve f Reservat

Dans certaines réserves amérindiennes du Canada, l'accès à l'eau potable est difficile.

---

statut m Status

La Polynésie française, dans le Pacifique Sud, a le statut de collectivité d'outre-mer.

---

tabou Tabu-, tabu taboue **tabouiser**

Selon cet historien, la colonisation reste un sujet tabou en France.

---

ultramarin überseeisch

Le championnat de handball ultramarin se déroule cette semaine à Paris.

---

usage m Gebrauch **user ; utiliser**

Au Québec, l'usage du français recule dans la sphère privée.

---

valeur f Wert

Droits de l'homme, démocratie, diversité culturelle… Voici des exemples de valeurs que défend la francophonie.

? 38 *Complétez les phrases par le mot qui convient. Assurez-vous d'avoir utilisé la bonne forme grammaticale.*

métropole • locuteur • métissé • passé • créole • métis • francophonie • Maghreb

1. Cultivée sur l'île de la Réunion notamment, la vanille entre dans la composition de nombreux plats ______________________.
2. Au Canada, des experts alertent le gouvernement sur le risque d'une perte d'influence de la ______________________ dans le pays.
3. En 2011, le Printemps arabe a éclaté au ______________________, plus précisément en Tunisie.
4. En Belgique, un ancien musée colonial lève le voile sur les abus de la colonisation. Le ______________________ colonial du pays fait ainsi l'objet d'un travail de mémoire.
5. Dans les années 1960, des dizaines de milliers de jeunes ont quitté les Antilles françaises pour s'installer en ______________________.
6. Originaire de Guadeloupe, l'écrivaine Estelle-Sarah Bulle, qui a grandi en banlieue parisienne, s'interroge sur son identité ______________________.
7. Le style ______________________ de la chanteuse, entre bossa nova et reggae, a séduit le public, lors de son concert à Paris.
8. La langue française compterait 300 000 millions de ______________________ à travers le monde.

9 HISTOIRE • ANCIEN RÉGIME ET RÉVOLUTION

abolition des privilèges f Abschaffung der Adelsprivilegien **privilégier**
L'abolition des privilèges a été votée le 4 août 1789 par l'Assemblée constituante.

absolutisme m Absolutismus **absolu**
L'absolutisme a triomphé en France sous le règne de Louis XIV, de 1643 à 1715.

Ancien Régime m
politisches System Frankreichs vor der Revolution von 1789 ancien, -ienne
Sous l'Ancien Régime, les Français n'étaient pas des « citoyens », mais des « sujets » du roi.

bourgeoisie f Bürgertum **bourgeois**
La bourgeoisie s'était installée principalement dans les villes.

cahiers de doléances m pl Beschwerdehefte
Dans les cahiers de doléances rédigés en 1789, les sujets réclamaient, entre autres, la liberté de la presse.

clergé m Klerus, Geistlichkeit **clérical, anticlérical**
Avant la Révolution française, le clergé formait le premier des trois ordres du royaume.

cour (du roi) f Hof(staat) **courtois**
La cour du roi vivait à Versailles.

Déclaration des droits de l'homme et du citoyen f Erklärung der Menschen- und Bürgerrechte
La Déclaration des droits de l'homme et du citoyen de 1789 est l'un des textes fondateurs de la République française.

despotisme m Willkürherrschaft **despote**
Le despotisme est une forme de gouvernement dans lequel tous les pouvoirs sont réunis dans les mains d'un seul.

états généraux m pl Generalstände (Versammlung von Vertretern der drei Stände: Klerus, Adel, dritter Stand; 1789 von König Ludwig XVI. einberufen)
Les états généraux étaient une assemblée extraordinaire réunissant les trois ordres de la société française.

---

famine f Hungersnot **faim**
À l'été 1788, les récoltes sont mauvaises et la famine menace le peuple.

---

fleur de lys f Lilie (Symbol der frz. Monarchie) auch: fleur de lis
La fleur de lys est le symbole de la royauté française.

---

guillotine f Guillotine, Fallbeil **guillotiner**
Louis XVI n'échappera pas à la guillotine.

---

impôt m Steuer, Abgabe
Les paysans devaient payer de nombreux impôts.

Jacobin m Jakobiner (Mitglied des radikalsten u. wichtigsten politischen Zirkels während der Französischen Revolution)
L'homme politique et écrivain Mirabeau (1749 – 1791) fut membre du Club des Jacobins.

---

la prise de la Bastille der Sturm auf die Bastille (am 14. Juli 1789; gilt als Auftakt der Französischen Revolution) **prendre**
La prise de la Bastille, le 14 juillet 1789, est un événement majeur de la Révolution française.

---

la Terreur die Schreckensherrschaft (1792 – 1794; brutale Unterdrückung vermeintlicher Revolutionsgegner) **terroriser**
Robespierre fut une grande figure de la Terreur.

---

le Roi-Soleil der Sonnenkönig (Ludwig XIV.) la reine
Le Roi-Soleil meurt le 1er septembre 1715 à Versailles.

---

le siècle des Lumières das Zeitalter der Aufklärung (18. Jh.)
Durant le siècle des Lumières, les philosophes voulaient « éclairer » les esprits.

---

les Bourbons m pl die Bourbonen (frz. Adelsgeschlecht)
Sept rois de la dynastie des Bourbons ont régné sur la France de 1589 à 1830.

---

les Girondins m pl gemäßigte Republikaner in der frz. Nationalversammlung (1791–1793)
Le groupe politique des Girondins s'est opposé à celui des Montagnards durant la Révolution.

Liberté, Égalité, Fraternité Freiheit, Gleichheit, Brüderlichkeit (Losung der Französischen Revolution und heutiger Wahlspruch der frz. Republik)
La devise Liberté, Égalité, Fraternité est adoptée officiellement en France à la fin du XIXe siècle.

---

mauvaise récolte f Missernte **récolter**
Les mauvaises récoltes de 1788 auraient contribué au déclenchement de la Révolution.

---

mettre qn en prison jdn. ins Gefängnis stecken **= emprisonner qn**
La reine Marie-Antoinette et ses enfants furent mis en prison à la Conciergerie, à Paris.

---

misère f Armut, Elend **misérable ; miséreux, -euse**
On a souvent dit que la reine Marie-Antoinette était indifférente à la misère du peuple.

---

noblesse f Adel **noble**
Jusqu'en 1789, la noblesse française a bénéficié d'un statut privilégié.

---

ordre m Stand
Avant la Révolution, la société française était divisée en trois ordres : le clergé, la noblesse et le tiers état.

---

paysan m Bauer la paysanne **paysannerie**
La grande majorité des Français étaient des paysans à la fin du XVIIIe siècle.

---

peuple m Volk **populaire**

20 juin 1792 : le peuple envahit le palais des Tuileries où est installé le roi.

---

règne m Herrschaft **régner**

La crise financière s'aggrave au cours du règne de Louis XVI.

---

révolutionnaire m/f Revolutionär/in **révolution ; contre-révolutionnaire**

Révolutionnaire, Olympe de Gouges fut aussi l'une des premières féministes françaises.

---

royaliste m/f Royalist/in **royal ; royauté**

Dans un régime républicain, les royalistes sont les partisans du roi et de la royauté.

---

royaume m Königreich

Avant 1789, le royaume de France était divisé en 34 provinces.

---

sans-culotte m Sansculotte

(der Unterschicht angehörender radikaler Anhänger der Republik) les sans-culottes

Les sans-culottes ont joué un rôle de premier plan lors des journées révolutionnaires.

---

se révolter contre qn/qc s. gegen jdn./etw. auflehnen **révolte ; révoltant**

Pourquoi le peuple s'est-il révolté contre Louis XVI ?

---

tiers état m dritter Stand

Les bourgeois, comme les paysans, faisaient partie du tiers état.

---

tyrannie f Tyrannei **tyran ; tyrannique**

La France vit sous la tyrannie révolutionnaire pendant la Terreur, de 1792 à 1794.

39 *Quels sont les équivalents français des mots ou expressions suivants ? Notez-les.*

1. Steuer, Abgabe ____________________
2. Armut, Elend ____________________
3. Willkürherrschaft ____________________
4. Missernte ____________________
5. s. gegen jdn./etw. auflehnen ____________________
6. die Schreckensherrschaft ____________________
7. jdn. ins Gefängnis stecken ____________________
8. das Zeitalter der Aufklärung ____________________
9. Hungersnot ____________________
10. der Sturm auf die Bastille ____________________

NAPOLÉON ET L'EMPIRE

abdiquer abdanken **abdication**

L'empereur Napoléon Ier abdiqua deux fois : en 1814 et 1815.

annexer annektieren **annexion**

Grâce à ses victoires militaires, Napoléon a pu annexer de vastes territoires en Europe continentale.

campagne f Feldzug
En 1812, la désastreuse campagne de Russie porte un coup fatal au règne de Bonaparte.

---

centralisation f Zentralisierung **≠ décentralisation ; centraliser**
La centralisation de l'État se renforce pendant la période napoléonienne.

---

champ de bataille m Schlachtfeld **batailler ; bataillon**
Le tableau Napoléon sur le champ de bataille d'Eylau a été peint en 1807 – 1808 par Antoine-Jean Gros.

Code civil m bürgerliches Gesetzbuch
Promulgué le 21 mars 1804, le Code civil fut ensuite appelé « Code Napoléon ».

---

conquête f Eroberung **conquérir ; conquérant**
Pour contrer la menace turque, l'Empereur entreprit la conquête de la Syrie.

---

coup d'État m Staatsstreich
Le coup d'État du 18 Brumaire marque la fin de la Révolution française.

---

défaite f Niederlage **≠ victoire**
En octobre 1805, la bataille de Trafalgar s'achève par la défaite de la flotte franco-espagnole.

---

empire m Kaiserreich **impérial**
En 1811, l'Empire français s'étend de Lübeck à Rome sur 130 départements peuplés de 45 millions d'habitants.

---

envahir (un pays)
(in ein Land) einmarschieren; überfallen **invasion ; envahisseur**
En 1805, Napoléon veut envahir les îles britanniques.

épopée napoléonienne f die Heldentaten Napoleons napoléonien, -ienne
Revivez l'épopée napoléonienne, le temps d'une soirée, au théâtre de la Madeleine à Paris.

être sacré empereur
zum Kaiser gekrönt werden   une impératrice   **sacrer qn ; sacre**
C'est dans la cathédrale Notre-Dame de Paris que Napoléon est sacré empereur des Français le 2 décembre 1804.

exil m   Exil   **s'exiler ; exilé**
L'exil de Napoléon sur l'île de Sainte-Hélène dure jusqu'à sa mort en 1821.

expansion f   Expansion, Ausbau
L'expansion de l'Empire napoléonien se poursuit de 1805 à 1812.

gloire f   Ruhm, Glanz   **glorieux, -ieuse**
Napoléon fit ériger à Paris plusieurs monuments à la gloire de la Grande Armée.

grande puissance f   Groß-, Weltmacht   **puissant**
Sous le Premier Empire, la France perd son statut de grande puissance commerciale.

guerres de coalition f pl   Koalitionskriege
Les guerres de coalition ont opposé la France au reste de l'Europe de 1792 à 1815.

la Grande Armée   die Große Armee (Name der kaiserlich-französischen Armee unter Napoleon I.)   **grandeur**
À la tête de la Grande Armée, Napoléon affronte les grandes puissances européennes.

la Légion d'honneur   die Ehrenlegion (bedeutendster frz. Orden für militärische u. zivile Verdienste)   **légionnaire**
Le 19 mai 1802, Bonaparte fonde la Légion d'honneur.

le Premier Empire   das Erste Kaiserreich (1804 – 1814/15)
Le Premier Empire a vu naître la robe Empire, inspirée de l'Antiquité.

les Cent-Jours m pl   die letzten 100 Tage der napoleonischen Herrschaft (vom 20.3. bis zum 22.6.1815)
Le retour de Napoléon à Paris le 20 mars 1815 marque le début des Cent-Jours.

les coalisés m pl die Verbündeten **(se) coaliser**

À la fin du règne de Bonaparte, les coalisés regroupent presque tous les pays d'Europe.

modernisation f Modernisierung **moderniser ; modernisateur/-trice**

Sous le Premier Empire, Napoléon entreprit la modernisation de la France.

retour au pouvoir m Rückkehr an die Macht

Durant son exil sur l'île d'Elbe, entre 1814 et 1815, Napoléon planifie son retour au pouvoir.

retraite f Rückzug

La Grande Armée n'est plus que l'ombre d'elle-même après la pénible retraite de Russie.

suprématie f Vorherrschaft

L'objectif de Bonaparte, en occupant l'Égypte, était d'accroître la suprématie française en Méditerranée.

traité de paix m Friedensvertrag

Après la défaite de Napoléon à Waterloo, le traité de paix de Paris est signé en novembre 1815.

vainqueur m Sieger **≠ vaincu ; vaincre**

L'Empereur sort vainqueur de la bataille d'Austerlitz le 2 décembre 1805.

? 40 *Pour compléter les phrases, entourez le mot qui convient.*

1. En 1815, Napoléon essuie une défaite/détresse cuisante lors de la bataille de Waterloo.
2. Instituée en 1802 par Napoléon Bonaparte, la Légion d'honnêteté/honneur a été remise en 2019 à l'écrivain Michel Houellebecq.
3. À Paris, Napoléon fit construire l'Arc de Triomphe pour célébrer ses victoires et la grandiloquence/gloire de la Grande Armée.

4. Le 18 juin 1815, c'est la fin de l'épopée/excellence napoléonienne : battu à Waterloo, l'empereur doit abdiquer.
5. Promulgué en 1804 par Napoléon, le Code civil/citoyen a inspiré le système juridique de nombreux pays.
6. La bagarre/bataille d'Austerlitz, remportée par les troupes françaises, fut le symbole de la stratégie militaire de Napoléon.
7. En 1804, Bonaparte est sacré empereur/roi des Français par le pape Pie VII dans la cathédrale Notre-Dame de Paris.
8. Après avoir démissionné/abdiqué le 22 juin 1815, Napoléon passe ses dernières années en exil sur l'île de Sainte-Hélène, où il meurt en 1821, à l'âge de 51 ans.

D'UNE GUERRE À L'AUTRE

alliés m pl Alliierten **s'allier à qn**
À partir de 1917, les États-Unis rejoignent les alliés.

ancien combattant m Kriegsveteran ancien, -ienne **combattre ; combat**
Il est l'un des derniers anciens combattants de la Seconde Guerre mondiale.

armistice m Waffenstillstand
L'armistice de la Première Guerre mondiale a été signé le 11 novembre 1918.

attaque aérienne f Luftangriff aérien, -ienne **attaquer ; attaquant**
La plus célèbre attaque aérienne de l'histoire a eu lieu le 7 décembre 1941, à Pearl Harbor.

camp de concentration m Konzentrationslager **concentrer**
En Alsace, les nazis établirent le camp de concentration de Natzweiler-Struthof de mai 1941 à septembre 1944.

camp d'extermination m Vernichtungslager **exterminer**
En décembre 2019, Angela Merkel s'est rendue dans l'ancien camp d'extermination d'Auschwitz-Birkenau en Pologne.

char m Panzer
Les premiers chars français font leur apparition sur les champs de bataille en 1917, pendant la Première Guerre mondiale.

cimetière militaire m Soldatenfriedhof
En Normandie, vingt-sept cimetières militaires abritent les tombes de plus de 99 000 soldats.

collaboration f Kollaboration (des Vichy-Regimes mit Nazideutschland; 1940 – 1944) **collaborer ; collaborateur/-trice**
La poignée de main entre Pétain et Hitler, le 24 octobre 1940 à Montoire, est devenue l'un des symboles de la collaboration.

commémorations f pl Gedenkfeierlichkeiten **commémorer**
Lors des commémorations de l'armistice de 1918, le couple franco-allemand a mis en garde la planète contre la montée du nationalisme.

crime contre l'humanité m Verbrechen gegen die Menschlichkeit
Le 11 mai 1987, Klaus Barbie était jugé pour crimes contre l'humanité.

déporter qn jdn. deportieren **déportation**
Des milliers d'homosexuels ont été déportés dans les camps de concentration.

deuil m Trauer **endeuiller**
Les veuves de guerre portent le deuil de leur époux tombé au front.

entre-deux-guerres m Zwischenkriegszeit
L'entre-deux-guerres est marqué par la montée des fascismes européens.

fusiller qn jdn. erschießen **fusillade ; fusil**
En France, près de 700 soldats ont été fusillés pour l'exemple pendant la Première Guerre mondiale.

génocide m Völkermord, Genozid **génocidaire**
Le génocide juif a fait entre cinq et six millions de morts dans le monde.

Holocauste m Holocaust

On utilise fréquemment, au lieu du mot « génocide », les termes « Holocauste » ou « Shoah ».

invalide de guerre m Kriegsinvalide **≠ valide ; invalidité**

Depuis la Première Guerre mondiale, en France, les invalides de guerre ont un statut spécial.

la Grande Guerre im Volksmund Bezeichnung für den Ersten Weltkrieg

L'armée française a perdu 1,3 million de combattants pendant la Grande Guerre.

la Libération die Befreiung (Frankreichs von der deutschen Besatzung; Juni 1944 – Mai 1945) **libérer ; libérateur/-trice**

À la Libération en 1944, le général de Gaulle devient le chef du Gouvernement provisoire de la République française (GPRF).

la Résistance die Résistance (frz. Widerstandsbewegung gegen die deutsche Besatzung im Zweiten Weltkrieg) **résister ; résistant**

Lucie Aubrac fait partie des nombreuses femmes françaises qui se sont engagées dans la Résistance.

le Débarquement die Landung der Alliierten in der Normandie (am 6. Juni 1944) **débarquer**

Plus de 150 000 soldats ont participé au Débarquement.

le régime de Vichy das Vichy-Regime (Kollaboration mit Nazideutschland unter Führung von Philippe Pétain; 1940 – 1944) **vichyste**

Le régime de Vichy s'effondre avec la défaite allemande de l'été 1944.

les années folles f pl die goldenen zwanziger Jahre fou, fol, folle **folie**

Reine du music-hall à Paris, Joséphine Baker fut l'icône noire des années folles.

l'Occupation f die Besatzung (Frankreichs durch die Deutschen im Zweiten Weltkrieg; 1940 – 1944) **occuper ; occupant**

Les Français ont vécu quatre ans sous l'Occupation.

mémoire f Gedenken, Erinnerung

Les écoliers chanteront en mémoire des soldats de la Grande Guerre.

mémorial m Denkmal, Gedenkstätte

Une association a été créée à Lyon pour qu'un mémorial de la Shoah soit construit dans la ville.

mobilisation f Mobilmachung **mobiliser ; mobile**

Le 1er août 1914, l'ordre de mobilisation générale est décrété en France.

monter au front an die Front gehen

En décembre 1914, le poète français Guillaume Apollinaire se prépare à monter au front.

monument aux morts m Kriegerdenkmal

Dans les années 20, des monuments aux morts sont érigés dans toutes les communes françaises.

mutilé de guerre m Kriegsversehrter **mutilation**

On retrouve le motif du mutilé de guerre dans l'œuvre d'Otto Dix.

mutinerie f Meuterei **se mutiner**

Plusieurs mutineries ont eu lieu au sein de l'armée française au cours de l'année 1917.

obus m Granate

60 millions d'obus se sont abattus sur la région de Verdun, dans l'est de la France, entre février et décembre 1916.

pénurie f Knappheit, Mangel

En temps de guerre, la pénurie oblige les civils à être inventifs.

persécuter qn jdn. verfolgen **persécution ; persécuteur/-trice**

Les Tsiganes ont été persécutés pendant la Seconde Guerre mondiale.

poilu m „Behaarter“ (im Volksmund Bezeichnung für frz. Frontsoldaten im Ersten Weltkrieg) **poil**

Le Feu, roman d'Henri Barbusse paru en 1916, décrit la vie des poilus au front.

Première Guerre mondiale f Erster Weltkrieg

Cette exposition se consacre au thème de l'amour pendant la Première Guerre mondiale.

---

propagande f Propaganda **propager**

La propagande de guerre alimente la haine de l'ennemi.

---

rafle f Razzia, Massenverhaftung **rafler**

Lors de la rafle du Vél' d'Hiv, en juillet 1942, plus de 13 000 Juifs vivant en région parisienne ont été arrêtés et déportés.

---

rationnement m Rationierung **rationner ; ration**

Durant la Seconde Guerre mondiale, les Français sont soumis au rationnement alimentaire.

---

réparations f pl Reparationen **réparer ; réparateur, -trice**

Aujourd'hui, la Pologne est toujours en conflit avec l'Allemagne à propos des réparations de guerre.

Seconde Guerre mondiale f Zweiter Weltkrieg

Un obus datant de la Seconde Guerre mondiale a été découvert jeudi dernier à Toulouse.

---

survivant m Überlebender **= le rescapé ; survivre**

Le dernier survivant de la guerre 14-18 vient de mourir.

---

torture f Folter **torturer**

Après trois jours de torture, Jean Moulin meurt le 8 juillet 1943 dans le train qui le transporte en Allemagne.

---

tranchée f Schützengraben

Dans leurs lettres, les poilus racontaient les combats et la vie dans les tranchées.

? 41 *Remplacez les points d'interrogation par les mots ci-dessous.*

tranchées • extermination • rafle • poilus • survivants • vichystes • mémoire • mutilés

1. En ? des victimes du nazisme, des Stolpersteine ont été posés à Strasbourg.

2. Au lendemain de la Première Guerre mondiale, la France compte de nombreux ? de guerre, souvent blessés au visage.

3. Les autorités ? ont collaboré avec l'occupant allemand.

4. Lors de la ? du Vél'd'Hiv en juillet 1942, plus de 13 000 Juifs ont été arrêtés à Paris et en banlieue pour être déportés.

5. Sur le front, les soldats s'abritaient dans les ? .

6. 90 % des Juifs déportés de France passèrent par le camp de Drancy, situé au nord-est de Paris, avant d'être acheminés vers les camps d' ? nazis.

7. Pendant la Grande Guerre, les ? ont vécu un véritable enfer dans les tranchées.

8. Des ? de la rafle de Marseille, survenue en janvier 1943, ont saisi la justice afin que celle-ci soit reconnue comme un crime contre l'humanité.

Mettez dans le bon ordre les lettres des cases roses pour trouver le synonyme du mot « survivant ».

___ ___ ___ ___ ___ ___ ___

LE TEMPS DES COLONIES

abolitionniste m/f Gegner/in der Sklaverei **abolir ; abolitionnisme**

Au XVIIIe siècle, les abolitionnistes dénoncent l'esclavage.

acculturation f Akkulturation, kultureller Anpassungsprozess **culture**

Les écrivains marocains ont longtemps considéré qu'écrire en français était un signe d'acculturation.

autodétermination f Selbstbestimmung **déterminer**

Les Français ont approuvé l'autodétermination de l'Algérie le 6 janvier 1961 lors d'un référendum.

colon m Kolonist, Siedler **coloniser ; colonie**

Les premiers colons français se sont installés au Canada en 1534.

colonie de peuplement f Siedlungskolonie **peupler**

L'Algérie fut une colonie française de peuplement.

commerce des esclaves m Sklavenhandel

Durant trois siècles, le commerce des esclaves a fait des millions de victimes.

comptoir m Handelskontor
Au temps de la colonisation, Pondichéry était l'un des cinq comptoirs français des Indes.

décolonisation f Entkolonialisierung, Dekolonisation **décoloniser**
Il y a 60 ans, à Brazzaville, le général de Gaulle engageait la décolonisation de l'Afrique noire.

domination f Herrschaft **dominer ; dominateur/-trice**
À la fin du XIXe siècle, le territoire de l'actuel Sénégal tombe sous la domination française.

empire colonial m Kolonialreich
L'histoire de l'empire colonial français commence au XVIe siècle.

esclavage m Sklaverei **esclave**
« L'esclavage, dernier tabou du cinéma français », titre le journal Le Parisien.

exploitation f Ausbeutung; auch: Verwaltung, Kolonisierung **exploiter**
Créée en 1635, la Compagnie des Îles d'Amérique avait pour mission de gérer l'exploitation des Antilles françaises.

explorateur m Entdecker une exploratrice **explorer**
Le 24 juillet 1534, l'explorateur français Jacques Cartier débarque à Gaspé, sur la côte nord-américaine.

guerre d'indépendance f Unabhängigkeitskrieg
La guerre d'indépendance d'Indochine s'est déroulée de 1946 à 1954.

héritage m Erbe, Vermächtnis **hériter de qn ; héritier/-ière**
Héritage de la colonisation française, le franc CFA est une monnaie commune à quatorze pays d'Afrique de l'Ouest et d'Afrique centrale.

indigène m/f Eingeborene/r, Ureinwohner/in
Au moins 600 000 « indigènes » auraient combattu au sein des troupes coloniales françaises pendant la Première Guerre mondiale.

la métropole das Mutterland **métropolitain**
Certains anciens territoires de l'empire colonial français ont gardé un lien fort avec la métropole.

la Nouvelle-France Neufrankreich
Jusqu'en 1763, les colonies françaises d'Amérique du Nord étaient regroupées dans un ensemble appelé la Nouvelle-France.

navigateur m Seefahrer une navigatrice **naviguer ; navigation**
Le navigateur Samuel de Champlain a fondé la ville de Québec en 1608.

négociant m Händler **négocier**
Les négociants de La Rochelle ont profité de l'esclavage pour s'enrichir.

pied-noir m/f Algerienfranzose/-französin fam. ; auch: une pied-noire
À l'indépendance de l'Algérie en 1962, plus d'un million de pieds-noirs ont regagné la France.

piller plündern **pillage ; pilleur/-euse**
« L'Afrique a été pillée », déclare cet historien spécialiste de la période coloniale.

plantation de canne à sucre f Zuckerrohrplantage **planter ; plante**
Sur l'île de la Réunion, les esclaves travaillaient principalement dans les plantations de canne à sucre, de café et d'épices.

prendre possession de qc etw. in Besitz nehmen **posséder ; déposséder qn de**
Le 21 janvier 1840, l'explorateur français Jules Dumont d'Urville prend possession de la terre Adélie, dans l'Antarctique.

puissance coloniale f Kolonialmacht **puissant**
La France et l'Angleterre furent deux grandes puissances coloniales.

racisme m Rassismus **raciste**

Un exemple de racisme : le zoo humain de l'exposition coloniale parisienne de 1931.

répression f Unterdrückung; Niederschlagung **réprimer**

À Madagascar, la répression coloniale fut sanglante.

réserve f Reservat

Les Indiens d'Amérique ont été cantonnés dans des réserves.

ressources naturelles f pl Bodenschätze naturel, -elle

L'Afrique est un continent riche en ressources naturelles.

s'établir s. niederlassen, s. ansiedeln **établissement**

Au XVIIIe siècle, quelque 7000 colons français s'établissent en Louisiane.

terres f pl Ländereien

Les Kanaks, peuple autochtone de Nouvelle-Calédonie, ont été dépossédés de leurs terres au XIXe siècle.

traite négrière f Sklavenhandel négrier, -ière **= traite des Noirs**

Les ports de Nantes et de Bordeaux ont joué un rôle central dans la traite négrière.

? **42** *Complétez chaque phrase par un mot appartenant à la même famille que celle du terme entre parenthèses.*

1. Le ______________________ breton Jacques Cartier explora au XVIe siècle le Canada. (naviguer)
2. En Nouvelle-Calédonie, les terres des Kanaks furent ______________________ par les colons. (exploitation)
3. En 1802, Napoléon Bonaparte rétablit l'esclavage ______________________ en 1794. (abolition)

4. Les grandes ______________________ coloniales se disputaient l'hégémonie dans le Nouveau Monde. (puissant)

5. Aux Antilles, des milliers d'esclaves ont travaillé dans les ______________________ de canne à sucre. (planter)

6. Souvent d'origine modeste, les « Filles du roi » quittèrent la ______________________ et s'établirent en Nouvelle-France pour y fonder une famille. (métropolitain)

7. Le premier port négrier de France fut celui de Nantes où plus de 500 000 esclaves venus d'Afrique furent déportés vers les ______________________ françaises en Amérique, principalement aux Antilles. (posséder)

8. Le commerce des marchandises coloniales a permis à de nombreux ______________________ de s'enrichir. (négocier)

LA FRANCE DE 1945 À 1990

acquis sociaux m pl soziale Errungenschaften **acquérir ; aquisition**
La Sécurité sociale, instituée en 1945, est l'un des acquis sociaux de l'après-guerre.

---

amitié franco-allemande f deutsch-französische Freundschaft
Chaque année le 22 janvier, on célèbre l'amitié franco-allemande.

---

après-guerre m Nachkriegszeit
Elle fut une figure du cinéma de l'après-guerre.

---

baby-boomer m Babyboomer auch: babyboomer **babyboom/baby-boom**
Les baby-boomers arrivent à l'âge de la retraite.

---

barricade f Barrikade **barricader**
Dans la nuit du 10 mai 1968, les étudiants parisiens occupent le Quartier latin et dressent des barricades.

---

bloc de l'Est m Ostblock ≠ **bloc de l'Ouest**

Le bloc de l'Est est aussi appelé « bloc communiste » ou « bloc soviétique ».

choc pétrolier m Ölkrise, Ölpreisschock pétrolier, -ière **pétrole**

En 1973, le premier choc pétrolier plaçait l'or noir au cœur de l'actualité géopolitique.

chute du mur de Berlin f Fall der Berliner Mauer **chuter**

Samedi 9 novembre 2019, l'Allemagne a célébré les trente ans de la chute du mur de Berlin.

construction européenne f Aufbau Europas européen, -enne **construire**

Jean Monnet et Robert Schuman sont considérés comme les pères fondateurs de la construction européenne.

dissuasion nucléaire f atomare Abschreckung **dissuader**

Depuis 1960, la dissuasion nucléaire occupe une place fondamentale dans la stratégie de défense française.

État providence m Wohlfahrtsstaat

Depuis la fin des années 1970, on parle en France de « crise de l'État providence ».

exode rural m Landflucht

Au début du XXe siècle, l'exode rural a durement touché le département de la Creuse.

la guerre froide der Kalte Krieg (1945 – 1990)

La guerre froide opposa deux grandes puissances : les États-Unis et l'URSS.

la Ve République die Fünfte Republik (seit 1958)

Charles de Gaulle est le fondateur de la Ve République.

les Trente Glorieuses f pl

wirtschaftl. Aufschwung u.a. Frankreichs nach dem Zweiten Weltkrieg (1945 – 1975)

Mon grand-père a créé son entreprise pendant les Trente Glorieuses.

libertaire adj./n. anarchistisch; Anarchist/in **liberté ; libre**

Dès 1948, le chanteur et poète Léo Ferré fréquente le milieu libertaire parisien.

Mai 68 Pariser Mai (68er Bewegung in Frankreich)

« Il est interdit d'interdire » est l'un des célèbres slogans de Mai 68.

modernisation f Modernisierung **moderne ; modernité**

En 1945, Jean Monnet est chargé par le général de Gaulle de préparer un plan de reconstruction et de modernisation de la France.

mouvement étudiant m Studentenbewegung

Daniel Cohn-Bendit fut le leader du mouvement étudiant en 1968.

nationaliser verstaatlichen **≠ privatiser**

En 1945, le général de Gaulle nationalise la Banque de France.

OTAN (Organisation du traité de l'Atlantique Nord) f NATO (westliches Verteidigungsbündnis)

La France est l'un des membres fondateurs de l'OTAN.

plan Marshall m Marshallplan

Le plan Marshall a permis aux pays européens de se reconstruire après la Seconde Guerre mondiale.

réconciliation f Aussöhnung, Versöhnung **réconcilier**

Le traité de l'Élysée, signé le 22 janvier 1963, scelle la réconciliation franco-allemande.

reconstruction f Wiederaufbau **reconstruire**

La reconstruction de la ville du Havre, d'après les plans de l'architecte Auguste Perret, a duré près de vingt ans.

réunification f Wiedervereinigung **réunifier**

Le 3 octobre, date anniversaire de la réunification, est un jour férié en Allemagne.

rideau de fer m eiserner Vorhang

Le rideau de fer séparait l'Europe en deux camps.

se doter de l'arme nucléaire s. Atomwaffen zulegen

La France se dote de l'arme nucléaire en 1960.

société de consommation f

Konsumgesellschaft **consommer ; consommateur/-trice**

En mai 68, les étudiants contestent, entre autres, la société de consommation.

soixante-huitard m Altachtundsechziger fam. ; une soixante-huitarde

Où sont passés les soixante-huitards ?

? **43** *Formez des groupes de mots en assemblant les termes suivants puis complétez les phrases ci-dessous. Ajoutez la préposition « de » si besoin.*

Glorieuses • nucléaire • mouvement • consommation • fer • providence • rideau • Trente • État • dissuasion • société • étudiant

1. Le ________________ de Mai 68 a marqué la mémoire collective française.
2. Certains regrettent le plein-emploi et la prospérité des ________________.
3. À la fin des années 1950, l'avènement des supermarchés marqua les débuts de la ________________ en France.
4. Dans les années 1960, le président Charles de Gaulle fonde la politique d'indépendance française sur le développement d'une force de ________________ nationale.
5. Après la Seconde Guerre mondiale, le ________________ symbolise la séparation en Europe entre les pays du bloc de l'Ouest et la zone d'influence soviétique.

6. Depuis la fin des années 1970, le ralentissement de la croissance, la montée du chômage et les difficultés de financement de la protection sociale ont provoqué la crise de l'________________________.

DEPUIS LES ANNÉES 2000

altermondialiste adj./n.
globalisierungskritisch; Globalisierungsgegner/in **altermondialisme**
Des militants de l'association altermondialiste Attac manifestent contre l'ouverture d'un magasin Apple sur les Champs-Élysées.

avènement d'Internet m Aufkommen des Internets
L'avènement d'Internet a transformé le partage de l'information.

bien-être animal m Tierwohl
En France, l'association L214 milite pour le bien-être animal.

chômage de masse m Massenarbeitslosigkeit **chômeur/-euse**
La France peut-elle sortir du chômage de masse ?

cités f pl problemträchtige urbane Hochhaussiedlungen
La présidente de la Région Île-de-France dénonce la situation explosive des cités.

crise financière f Finanzkrise financier, -ière **finance**
La crise financière de 2007-2008 a ébranlé l'économie mondiale.

crise migratoire f Flüchtlingskrise **migration ; migrant**
Lors de la crise migratoire de 2015, plus de six millions de Syriens ont fui leur pays en guerre.

décroissance f Wachstumskritik **décroître ; décroissant**
Pour l'économiste Serge Latouche, « la décroissance vise à travailler moins pour travailler mieux ».

djihadiste m/f Dschihadist/in auch: jihadiste **djihadisme/jihadisme**

Des djihadistes français ont été repérés en Asie du Sud-Est.

émeutes f pl Unruhen **émeutier/-ière**

En 2005, des émeutes éclatent dans les banlieues françaises.

état d'urgence m Ausnahmezustand

L'ancien président François Hollande a décrété l'état d'urgence en novembre 2015, au lendemain des attentats de Paris.

génération Y f Generation Y, Millennials auch: (anglic.) les millennials

La génération Y révolutionne le travail.

indépendantiste adj./n.
Unabhängigkeits-; Separatist/in **indépendance ; indépendant**

Des centaines de milliers d'indépendantistes catalans défilent à Barcelone.

lanceur d'alerte m Whistleblower la lanceuse d'alerte **alerter**

En Europe, de nouvelles règles permettent de mieux protéger les lanceurs d'alerte.

montée de l'extrême droite f Erstarken des Rechtsextremismus

Nous sommes très inquiets par la montée de l'extrême droite en Europe.

politique de rigueur f Sparkurs, Austeritätspolitik **rigoureux/-euse**

Dans une interview accordée à plusieurs médias européens, le Premier ministre espagnol justifie sa politique de rigueur.

populisme m Populismus **populiste ; peuple**

Le populisme est-il une menace pour la démocratie ?

préoccupations environnementales f pl
Umweltbelange, ökologische Erwägungen **se préoccuper de**

Les préoccupations environnementales gagnent tous les secteurs de l'économie.

prise d'otages f Geiselnahme **prendre ; preneur/-euse**

L'auteur de la prise d'otages a été abattu par les forces de l'ordre.

protection des données f Datenschutz **protéger**

Microsoft revoit ses règles de protection des données.

quartier sensible m sozialer Brennpunkt

Des affrontements entre des jeunes et des policiers ont éclaté dans le quartier sensible du Val Fourré, à Mantes-la-Jolie.

radicalisation f Radikalisierung **se radicaliser ; radical**

Le gouvernement présente un nouveau plan contre la radicalisation djihadiste.

réchauffement climatique m Klima-, Erderwärmung **(se) réchauffer**

Comment parler du réchauffement climatique à ses enfants ?

revendiquer un attentat s. zu e-m Attentat bekennen **revendication**

L'attentat de Nice, qui a fait 86 morts en 2016, a été revendiqué par l'organisation terroriste État islamique.

révolution numérique f digitale Revolution

Le Musée de la civilisation, à Québec, propose une exposition sur la révolution numérique.

ségrégation urbaine f städtische Segregation, Ausgrenzung

Cette sociologue se penche sur le problème de la ségrégation urbaine à Marseille.

surveillance f Überwachung **surveiller**

Selon Rick Falkvinge, créateur du Parti pirate suédois, « nous sommes en train de construire une société de la surveillance ».

terrorisme m Terrorismus **≠ antiterrorisme ; terroriste**

Le président de la République a promis de poursuivre la lutte contre le terrorisme au Sahel.

violences policières f pl (übermäßige) Polizeigewalt; Polizeiübergriffe **violent**

Des manifestants dénoncent les violences policières à Toulouse.

vivre-ensemble m Zusammenleben (polit. Schlagwort, das das Ideal des alltäglichen Zusammenlebens frz. Bürger jenseits kultureller und religiöser Grenzen beschreibt)
Ils prônent le vivre-ensemble et la tolérance.

? **44** *En utilisant les termes du chapitre « Depuis les années 2000 », complétez le tableau de sorte que chaque ligne forme une famille de mots. Les cases avec un tiret (–) restent vides.*

nom	verbe	adjectif
	–	populiste
indépendance	–	
	prendre (en otage)	–
	décroître	
rigueur	–	
	–	altermondialiste
	surveiller	–
revendication		–

10 MÉDIAS • LA PRESSE ÉCRITE

accrocheur reißerisch accrocheur, -euse **accroche**

Un titre accrocheur doit être court, clair et informatif.

actualité f Tagesgeschehen actu (fam.) **actuel, -elle**

Voici l'essentiel de l'actualité de ce jeudi 31 octobre.

agence de presse f Presseagentur

L'Agence France Presse (AFP) est une agence de presse mondiale fournissant une information rapide.

approche f Herangehensweise **approcher ; proche**

Cet article propose une approche historique du thème des migrations en Europe.

article de fond m Hintergrundbericht

Le Monde vient de publier un article de fond sur la situation de la recherche en France.

biaisé verzerrt; einseitig

La ministre de la Culture dénonce un reportage « biaisé ».

canard m Blättchen, Käseblatt fam./péj.

Ils ne racontent que des mensonges dans ce canard !

caricature f Karikatur **caricaturiste ; caricatural**

En publiant des caricatures de Mahomet, le journal Charlie Hebdo est devenu la cible des islamistes.

censure f Zensur **censurer**

De plus en plus de voix s'élèvent en Algérie contre la censure de la presse.

chapeau m Vorspann

Le chapeau doit attirer l'attention et susciter la curiosité du lecteur.

chroniqueur m Feuilletonist; Kolumnist la chroniqueuse **chronique**
Le chroniqueur se démarque des autres journalistes par sa plume et son style unique.

chroniqueur sportif m Sportredakteur la chroniqueuse sportive
À ses débuts, il fut chroniqueur sportif pour le quotidien régional Sud Ouest.

citation f Zitat **citer**
Jacques Chirac laisse derrière lui de jolis aphorismes et des citations marquantes.

colonne f Spalte
Emmanuel Macron s'est exprimé dans les colonnes de l'hebdomadaire ultraconservateur Valeurs actuelles.

controversé umstritten **controverse**
Ce sujet controversé alimente de nombreux débats dans la presse.

conviction f Überzeugung; Einstellung **convaincre ; convaincant**
L'artiste revient dans cette longue interview sur son parcours et ses convictions politiques.

couverture f Titelseite; Berichterstattung
La photo de la première dame a fait la couverture de Paris Match.

couvrir berichten über
Il couvre l'actualité du Cameroun pour l'hebdomadaire Jeune Afrique.

critique littéraire m/f Rezensent/in **critiquer ; critique**
Les critiques littéraires n'ont pas toujours raison !

décryptage m Analyse **décrypter**
Décryptage : pourquoi la pauvreté augmente en France ?

dénoncer qc etw. anprangern, heftig kritisieren **dénonciation**
La ministre dénonce, dans le Monde, des propos sexistes « inadmissibles ».

diffusion f Absatz — **diffuser**

De nombreux titres de la presse écrite voient leur diffusion baisser.

droit d'auteur m Urheberrecht

Le droit d'auteur porte sur les œuvres de l'esprit (écrits, photos, partitions, logiciels par exemple).

éditorial m Leitartikel édito (fam.) — **éditorialiste**

Dans un éditoral publié le 18 octobre, Le Monde revient sur la crise en Catalogne.

envoyé spécial m (Auslands-)Korrospendent l'envoyée spéciale — **envoyer ; envoi**

L'envoyé spécial du Figaro au Japon s'apprête à prendre l'avion pour Paris.

étude f Studie — **étudier**

Selon une étude parue dans Le Parisien, neuf Français sur dix utilisent des anglicismes.

faire la une die Titelseite zieren, der Aufmacher sein

L'affaire a fait la une des journaux.

faire les gros titres für Schlagzeilen sorgen — **titrer**

Donald Trump a une fois de plus fait les gros titres de la presse mondiale.

fait divers m Begebenheit; pl. Verbrechens- und Unfallmeldungen; Vermischtes — **diversité**

Le quotidien belge Le Soir raconte dans sa dernière édition un fait divers tragique et glaçant.

fallacieux irreführend; falsch fallacieux, -ieuse

À l'expression « fake news », préférez le terme « information fallacieuse » ou le néologisme « infox ».

hebdomadaire m wöchentlich erscheinendes Magazin hebdo (fam.)

L'hebdomadaire L'Express va bientôt changer de patron.

indépendant unabhängig — **dépendre de ; indépendance**

Théâtral Magazine est une revue indépendante consacrée au théâtre.

influent einflussreich **influencer ; influence**

Au Maroc, le directeur d'un journal influent a été arrêté.

infographie f (Info-)Grafik **graphique ; graphiste**

Le Monde a publié une infographie très instructive sur le plastique dans son édition du 8 août.

jeu de mots m Wortspiel **jouer**

On trouve de nombreux jeux de mots dans les titres du quotidien Libération.

journal m Zeitung **journalier, -ière**

La TAZ s'est imposée comme le journal de gauche des féministes, des écologistes et des pacifistes… sérieux.

lecteur m Leser la lectrice **lire ; lectorat**

En Belgique, la presse francophone gagne des lecteurs.

liberté de la presse f Pressefreiheit **libération ; libre**

14 personnalités françaises se mobilisent pour la liberté de la presse en Turquie.

l'opinion (publique) f die öffentliche Meinung, Öffentlichkeit

À la fin du XIXe siècle, en France, l'affaire Dreyfus a mis en lumière la relation complexe entre l'opinion publique et la presse écrite.

magazine m Magazin, Zeitschrift mag (fam.)

Le chanteur Stromae a récemment accordé une interview au magazine culturel Les Inrocks.

médias m pl Medien **médiatiser ; médiatique**

Les médias sont-ils moins libres qu'avant ?

mensuel m monatlich erscheinendes Magazin **mois ; mensuel, -elle**

Causette est un mensuel féministe français.

numéro m Ausgabe

Dans son nouveau numéro, le magazine ELLE consacre un portrait à l'actrice Sandrine Kiberlain.

---

objectif sachlich objectif, -ive **≠ subjectif, -ive**

Les journalistes peuvent-ils être objectifs ?

---

paragraphe m Absatz; Passus

Dans le second paragraphe, le reporter revient sur les circonstances de l'accident.

---

paraître erscheinen **parution**

Le reportage a/est paru dans Le Monde diplomatique.

---

parti pris m Voreingenommenheit

Le président de la République accuse les journalistes de parti pris dans cette affaire.

---

pertinent treffend **pertinence**

Je te recommande cet article très pertinent et bien documenté.

---

pointer qc auf etw. verweisen; etw. kritisieren

Dans son article, la journaliste pointe les exagérations et inexactitudes du discours présidentiel.

---

polémique f Debatte, Kontroverse; Polemik **polémiste**

La polémique suscitée par les propos du journaliste Éric Zemmour prend de l'ampleur.

---

potins m pl Klatsch

Mon mari adore lire les potins dans la presse people.

---

préjugé m Vorurteil **juger**

Cet article ne véhicule que des préjugés et stéréotypes.

---

presse (écrite) f Presse

Le gouvernement du Québec a annoncé une aide de 50 millions de dollars par an pour aider la presse écrite.

---

presse nationale f überregionale Presse
Quel est l'avenir de la presse nationale française ?

presse people f Boulevard-, Klatschpresse anglic.
Les journaux de la presse people se vendent davantage durant les vacances.

publier veröffentlichen **publication ; public, -ique**
Le magazine L'Express vient de publier un dossier sur l'immigration.

quotidien m Tageszeitung **quotidien, -ienne**
La rédaction du quotidien régional Midi Libre est en grève.

quotidien gratuit m Gratiszeitung **gratuité**
Cnews est un quotidien gratuit qui est distribué dans les transports.

rédacteur (en chef) m
(Chef-)Redakteur la rédactrice (en chef) **rédiger ; rédaction**
En 2014, il est devenu rédacteur en chef du quotidien suisse Le Temps.

relater berichten über
La visite du chef de l'État à Jérusalem a été relatée par la presse française et israélienne.

reporter m Reporter/in auch: le/la reporteur/-trice **reportage**
Florence Aubenas, grand reporter au Monde, est connue pour sa plume.

révéler enthüllen **révélation ; révélateur, -trice**
L'information, révélée par le Spiegel, a été confirmée par des proches collaborateurs de la chancelière Angela Merkel.

revue f Zeitschrift
Science est une revue scientifique de renommée internationale.

rumeur f Gerücht
Des rumeurs circulent à son sujet dans la presse people.

s'abonner à abonnieren **≠ se désabonner à ; abonnement**

Nous nous sommes abonnées au quotidien québécois Le Devoir.

satirique satirisch **satire**

Un attentat djihadiste a eu lieu à Paris en 2015 contre la rédaction du journal satirique Charlie Hebdo.

simpliste einseitig, grob vereinfachend **simplifier ; simple**

Je suis choqué par cet article simpliste, voire mensonger.

sondage m Umfrage, Befragung **sonder**

Dans un sondage publié par le Journal du Dimanche, 83 % des Français ont une bonne opinion des maires.

source f Quelle

Tout bon journaliste doit vérifier ses sources.

sujet m Thema

La lutte contre le réchauffement climatique est un sujet d'actualité.

supplément m Beilage **supplémentaire**

Le quotidien Ouest France propose un supplément dédié aux associations sportives sur Rennes.

tacler scharf kritisieren, schelten fig. **tacle**

« Tout le monde se parle sur les réseaux sociaux mais personne ne s'écoute », tacle-t-il dans Le Parisien.

tirage m Auflage **tirer**

Le tabloïd allemand Bild est un quotidien à fort tirage.

? **45** *Complétez chaque phrase par un mot appartenant à la même famille que le terme entre parenthèses.*

1. Dans son éditorial, le journaliste ______________ le manque d'action du gouvernement face à l'urgence climatique. (dénonciation)
2. Cet article de fond ______________ les raisons de la colère des gilets jaunes. (décryptage)
3. La possible remise en liberté de Marc Dutroux, auteur de crimes pédophiles, fait ______________ en Belgique. (polémiste)
4. Après la parution de l'article, certains lecteurs ont déploré une vision ______________ de la banlieue. (caricature)
5. Ancienne ______________ à Libération, Esther Duflo a été récompensée du prix Nobel d'économie pour son travail sur la pauvreté. (chronique)
6. Le décès de l'ancien président Jacques Chirac a fait les gros ______________ de la presse nationale et étrangère. (titrer)
7. Dans les pages Culture du journal, le critique littéraire nous livre une analyse ______________ du dernier livre de Michel Houellebecq. (pertinence)
8. Dans la Sarthe, le meurtre d'une joggeuse, fait ______________ aux multiples rebondissements, fait la une du journal local. (diversité)
9. L'ONG Reporters sans frontières œuvre entre autres pour la ______________ de la presse. (libre)
10. Agence de presse créée en 1944 à Paris, l'AFP ______________ l'actualité en France et à l'étranger. (couverture)
11. Cette énième ______________ concernant la vie amoureuse de la star a été publiée dans la presse people. (révéler)

À LA TÉLÉ ET À LA RADIO

à l'antenne am Mikrofon; im Studio

La star française du basket Tony Parker annonce son retour à l'antenne de RMC.

animateur m Moderator l'animatrice **animer**

Il est humoriste et animateur sur Radio-Canada.

audience f Einschaltquote; Hörerschaft **auditeur/-trice**

La chaîne francophone TV5 Monde enregistre ses plus fortes audiences sur le continent africain.

capter empfangen

Pour capter les chaînes allemandes, les Alsaciens doivent être équipés depuis 2017 d'un décodeur ou d'une télévision récente.

chaîne f Fernsehsender, -kanal

La chaîne privée Canal+ a signé un accord avec Netflix, le géant de la vidéo à la demande.

chaîne d'information en continu f Nachrichtensender

En septembre 2019, la télévision belge francophone a lancé LN24, sa première chaîne d'information en continu.

chaîne payante f Pay-TV-Sender

Paris Première est une chaîne payante du groupe M6.

cible f Zielgruppe **cibler**

La chaîne France 24 a abandonné la cible des jeunes adultes pour viser les enfants.

débat télévisé m Talkshow **débattre**

En Tunisie, les deux candidats au second tour de l'élection présidentielle se sont affrontés lors d'un débat télévisé.

diffusion f Ausstrahlung, Übertragung **diffuser ; rediffusion**

La diffusion du reportage sera suivie d'un débat.

diversité des programmes f Programmvielfalt **diversifier ; divers**

Le Conseil supérieur de l'audiovisuel (CSA) veille à la diversité des programmes diffusés par les chaînes publiques.

documentaire m Dokumentation **documenter ; document**

Arte propose un documentaire passionnant qui met en lumière la richesse de la civilisation celte.

émission f Sendung **émettre ; émetteur, -trice**

Dans les années 60, les jeunes Français fans de pop et de rock écoutaient l'émission culte Salut les copains sur Europe 1.

en direct live

Rugby : suivez en direct la finale Angleterre – Afrique du Sud

en duplex zugeschaltet

Nous sommes en duplex de Montréal.

épisode m Episode, Folge

L'ultime épisode de la série à succès Games of Thrones a fait beaucoup de déçus.

fiction f (fiktive/r) Film, Serie **fictif, -ive**

Nouvelle fiction d'Arte, Eden est une série de six épisodes qui se penche sur l'accueil des migrants en Europe.

flash actu m Kurznachrichten; Eilmeldung anglic. ; des flashs actu

Toutes les heures, des flashs actu vous tiendront informés de l'actualité.

heure de grande écoute f Hauptsendezeit, Primetime **= le prime time (anglic.)**

Son interview sera diffusée à une heure de grande écoute.

jeu télévisé m Quizsendung; Spielshow **jouer**

Le célèbre jeu télévisé Fort Boyard fête ses 30 ans cette année.

journal (radiophonique) m Rundfunknachrichten
Sur RFI (Radio France Internationale), on peut écouter un journal en français facile.

JT (journal télévisé) m Fernsehnachrichten
Le Premier ministre était l'invité du JT de France 2 hier soir.

la météo der Wetterbericht
Il m'arrive de regarder la météo à la télévision.

le petit écran das Fernsehen
Elle est devenue en quelques années une star du petit écran.

les infos f pl die Nachrichten fam. **informer**
Quand il part travailler à Sarrebruck tous les matins, Lionel écoute dans sa voiture les infos allemandes après avoir passé la frontière.

matinale f Morgenmagazin **matin**
La matinale de France Inter recevait ce matin le ministre de l'Éducation nationale.

paysage audiovisuel m Fernsehlandschaft audiovisuel, -elle
Dans les années 90, d'un côté du Rhin comme de l'autre, Arte a eu du mal à trouver sa place dans le paysage audiovisuel.

plateau de télévision m Fernsehstudio
Il est un habitué des plateaux de télévision.

podcast m Podcast
Les podcasts de Radio France sont de loin les plus écoutés dans l'Hexagone.

présentateur m Moderator; (Nachrichten-)Sprecher la présentatrice **présenter ; présentation**
La RTS (Radio Télévision Suisse) a dévoilé mercredi sa nouvelle équipe de présentateurs.

publicité f Werbung pub (fam.) **publicitaire**

La publicité sur TF1 est un peu plus longue que sur les autres chaînes, ce qui peut favoriser le zapping.

---

regarder la télé fernsehen fam.

Aujourd'hui, on peut regarder la télé par Internet.

---

regarder qc en replay etw. in der Mediathek anschauen anglic.

Si vous avez manqué un programme, vous pouvez le regarder en replay.

---

retransmettre qc etw. übertragen, ausstrahlen **retransmission**

La finale a été retransmise en direct sur les chaînes publiques.

---

série télévisée f Fernsehserie

Kaiser Karl, la biographie de Karl Lagerfeld, va faire l'objet d'une série télévisée.

---

sous-titré mit Untertiteln, untertitelt **sous-titre**

J'ai regardé hier soir sur Arte un film de Wim Wenders en version originale sous-titrée.

---

station de radio f Radiosender

Ses déclarations racistes avaient été diffusées sur une station de radio locale en 2016.

---

suite f Fortsetzung **suivre**

De nouveaux rebondissements sont à prévoir dans la suite de cette série fantastique.

---

télécommande f Fernbedienung **télécommander**

Aujourd'hui, les smartphones peuvent remplacer les télécommandes traditionnelles.

---

téléfilm m Fernsehfilm

Un téléfilm est actuellement en tournage en Bretagne, dans les Côtes-d'Armor.

---

téléréalité f Realityshow

La vedette de téléréalité américaine Kim Kardashian a été entendue jeudi à New York par une juge française.

---

téléspectateur m (Fernseh-)Zuschauer la téléspectatrice **spectacle**
Le premier match des Bleues a rassemblé 5,2 millions de téléspectateurs.

télévision f Fernsehen télé (fam.) **télévisé ; téléviseur**
La télévision française a-t-elle un avenir face aux géants américains tels qu'Apple, Disney, Netflix ou Amazon ?

zapper zappen, hin- und herschalten anglic.
Sa seule occupation était de passer ses journées devant la télévision, à zapper d'une chaîne à l'autre.

? **46** *Complétez les phrases par le mot ou l'expression qui convient. Assurez-vous d'avoir utilisé la bonne forme grammaticale.*

flash actu • météo • écran • cibler • plateau • matinale • en continu • audience

1. Hier soir, le débat en direct était tendu, au point que l'un des invités a quitté le ______________________ de télévision en plein milieu d'émission.
2. Faute d'______________________, l'émission culturelle ne sera pas reconduite en septembre prochain.
3. Tous les matins, Marjorie se réveille en écoutant la ______________________ de France Inter.
4. À en croire la ______________________, la journée s'annonce pluvieuse.
5. Accusées de sensationnalisme, les chaînes d'information ______________________ sont souvent sous le feu des critiques.
6. Accro aux infos, Chloé est hyperconnectée et abonnée à plusieurs ______________________.

7. Dans une série adaptée de Kaiser Karl, la biographie consacrée à Karl Lagerfeld, la vie du couturier sera contée sur le petit ______________________.

8. Présentée par une pédopsychiatre, l'émission ______________________ un public adolescent.

LES NOUVEAUX MÉDIAS

accès m Zugang **accéder à ; accessible**
Ne pas avoir accès à Internet est aujourd'hui un handicap.

---

addiction aux écrans f Internetsucht; Smartphoneabhängigkeit **addictif, -ive**
Addiction aux écrans : un tiers des Français se disent concernés

---

application de rencontres f Dating-App appli (fam.) **appliquer**
Plus de quatre millions de personnes possèdent un compte payant sur l'application de rencontres Tinder.

---

blogueur m Blogger la blogueuse **bloguer ; blog**
Un blogueur de voyages fait découvrir la Lorraine dans ses vidéos.

---

compte m Account
Comment créer un compte Instagram ?

écran m Bildschirm, Display
Elle a les yeux rivés sur l'écran de son smartphone.

---

faire le buzz einen Medienhype auslösen anglic.
Sa nouvelle coiffure a fait le buzz.

---

fichier m Datei

Ce site Internet permet de partager des fichiers volumineux.

hyperconnecté internetsüchtig; smartphoneabhängig **connexion**

Les enfants et les adolescents sont hyperconnectés.

influenceur m Influencer l'influenceuse **influencer ; influence**

Influenceur ? C'est le nouveau métier à la mode.

infox f Fake News, bewusste Desinformation **= information fallacieuse**

La chasse aux infox doit commencer dès le plus jeune âge.

internaute m/f Internetnutzer/in **Internet**

Les internautes se moquent du pape sur les réseaux sociaux.

la Toile das Netz

Des fans de la chanteuse lui rendent hommage sur la Toile.

liker liken anglic. **un like (anglic.)**

Les tweets de la jeune femme ont été likés et partagés des milliers de fois.

liseuse f E-Book-Reader **lire**

Une liseuse est un bon investissement si vous êtes féru de nouveautés littéraires.

livre numérique m E-Book

Un Français sur dix affirme lire des livres numériques.

mobile m Mobiltelefon, Smartphone

Le 19 juin, après un dernier appel passé sur son mobile, il n'avait plus donné aucun signe de vie.

mot de passe m Passwort

J'ai une fois de plus oublié mon mot de passe.

mot-dièse m Hashtag les mots-dièse **= hashtag**

Les grévistes s'étaient rassemblés sous le mot-dièse #AmazonWeAreNotRobots.

moteur de recherche m Suchmaschine **rechercher**

Le moteur de recherche Qwant a été lancé en 2013 par une entreprise française.

nom d'utilisateur m Benutzername **= identifiant**

Lorsque vous avez créé votre compte Twitter, un nom d'utilisateur vous a été attribué automatiquement.

numérique n.m./adj. Digitalisierung; digital **numériser ; numérisation**

À l'ère du numérique, les musées se transforment.

pétition en ligne f Onlinepetition

Deux associations ont lancé une pétition en ligne afin de faire annuler un spectacle d'ours.

pirater hacken **piratage ; pirate**

Je pense que mon compte a été piraté ou qu'une personne est en train de l'utiliser sans ma permission.

planter s. aufhängen fam.

Mon ordinateur a planté après l'installation d'un nouveau logiciel.

poster posten, ins Netz stellen anglic. **un post (anglic.)**

Le suspect, très actif sur Facebook, a posté des messages haineux à l'encontre des Juifs.

réseau social m soziales Netzwerk **réseauter ; réseautage**

Et si nous apprenions à bien utiliser les réseaux sociaux ?

sauvegarder (ab)speichern **sauvegarde**

Ce service de Google permet de sauvegarder des photos et vidéos en qualité originale.

se connecter s. einloggen **≠ se déconnecter ; connexion**

Un hacker parvient à se connecter à un réseau de la Nasa.

site web m Internetauftritt; Webseite

Le quotidien Le Figaro lance son nouveau site web.

---

tablette f Tablet-PC

L'iPad domine toujours le marché de la tablette.

---

tenir un blog e-n Blog betreiben

Tenir un blog prend du temps.

---

tweeter twittern anglic. **un tweet (anglic.)**

« Il s'agit de notre devoir de défendre la démocratie », a-t-elle tweeté vendredi.

---

vidéaste m/f Videofilmer/in **vidéo**

Ce vidéaste de 25 ans compte plus d'un million d'abonnés sur YouTube.

---

vie privée f Privatsphäre

Voici 5 conseils pour bien protéger sa vie privée sur Internet.

---

viral viral **virus**

L'image est devenue virale sur les réseaux sociaux.

---

visionner ansehen **visionnage ; vision**

Plus de sept millions de personnes ont visionné sa vidéo, en quelques heures seulement.

---

wifi m WLAN

En France, le wifi est interdit depuis plusieurs années dans les crèches.

---

youtubeur m Youtuber la youtubeuse

Les youtubeurs les plus influents se mobilisent pour sauver la planète.

47 *Remplacez les points d'interrogation par les mots ci-dessous.*

pétition • buzz • blogueuse • virale • rencontres • infox • dièse • écrans

1. Devenue ?, la vidéo d'une gilet jaune a fait le tour de la Toile en quelques jours seulement.

□□□□□□

2. Après l'explosion de l'usine, de nombreuses photos manipulées ont circulé sur les réseaux sociaux, alimentant ainsi les ? et les rumeurs.

□□□□□

3. Utilisant un algorithme patriarcal et genré, certaines applications de ? mettent en relation des hommes âgés fortunés et des jeunes filles moins éduquées.

□□□□□□□□□□

4. La ? en ligne est-elle une nouvelle actrice de la démocratie participative ?

□□□□□□□□

5. Loin d'être un phénomène marginal, l'addiction aux ? et l'hyperconnexion peuvent provoquer du stress.

□□□□□□

6. Cette vidéo, dans laquelle un youtubeur s'en prend à la classe politique, a fait le ? outre-Rhin.

□□□□

7. Le mot- ? #BalanceTonPorc a libéré la parole des femmes en ce qui concerne le harcèlement sexuel et le sexisme ordinaire.

8. Passionnée de voyages, Élodie est ? depuis 2011. Les articles et photos qu'elle poste chaque mois sont très appréciés des internautes.

Mettez dans le bon ordre les lettres des cases roses pour trouver l'expression synonyme du mot « infox ».

une information ___ ___ ___ ___ ___ ___ ___ ___ ___ ___ ___

11 CULTURE • CINÉMA

acteur m Schauspieler (Kino, Theater) l'actrice **action ; actif, -ive**

Les acteurs noirs sont sous-représentés dans le cinéma français.

adaptation f Verfilmung **adapter**

Le film Chanson douce est l'adaptation du roman éponyme de Leïla Slimani, Prix Goncourt 2016.

bande-annonce f Trailer **annoncer**

Avant même d'avoir regardé la bande-annonce, j'avais très envie de voir ce film.

bande originale f Soundtrack

Le musicien breton Yann Tiersen a composé la bande originale du Fabuleux Destin d'Amélie Poulain (2001).

César m frz. Filmpreis les César (inv.) **césarisé**

Juliette Binoche a reçu le César de la meilleure actrice en 1994 pour sa prestation dans le film Trois couleurs : Bleu.

cinéma m Kino ciné (fam.) **cinéphile**

Le cinéma français vient de perdre l'une de ses légendes.

court métrage m Kurzfilm

Ce court métrage dure exactement sept minutes.

décerner verleihen, zuerkennen **= remettre (un prix)**

L'Ours d'or de la Berlinale 2019 a été décerné à l'Israélien Nadav Lapid pour son film Synonymes.

dessin animé m Zeichentrickfilm **dessiner**

Ariel est le personnage principal du dessin animé de Walt Disney La Petite Sirène, inspiré d'un conte d'Andersen.

doublage m Synchronisation **doubler**
De nouvelles techniques pourraient révolutionner le monde du cinéma et plus particulièrement celui du doublage.

effet spécial m Spezialeffekt
L'année 1999 aura été marquée par le succès de Matrix, film futuriste aux effets spéciaux spectaculaires.

en salle im Kino
Le dernier film du réalisateur espagnol Pedro Almodóvar est en salle depuis mercredi.

être à l'affiche (im Kino) laufen
Deux comédies romantiques sont à l'affiche cette semaine.

figurant m Statist, Komparse la figurante **figurer ; figuration**
À elle seule, cette scène a coûté 11 millions de dollars et nécessité la participation de 1 000 figurants.

film d'action m Actionfilm
J'aime les films d'action et d'aventure.

film d'animation m Animationsfilm **animer**
Le film d'animation Ratatouille (2007) met en scène Rémy, un rat parisien qui rêve de devenir chef cuisinier.

film muet m Stummfilm muet, muette
Film muet de Fritz Lang, Metropolis est un long métrage emblématique de l'expressionnisme allemand.

film policier m Krimi, Kriminalfilm policier, -ière **police**
Alain Delon a joué dans de nombreux films policiers, parmi lesquels Borsalino, Rocco et ses frères ou encore Le Cercle rouge.

fréquentation f Besuch **fréquenter**
En novembre, la fréquentation des salles de cinéma a progressé de 8,4 %.

générique m Vorspann; Abspann

Une vingtaine de spectateurs ont quitté la salle avant le générique de fin.

la Croisette berühmte Promenade von Cannes

Le chic et le glamour sont généralement de mise sur la Croisette.

la Palme d'or die goldene Palme

Un film sud-coréen a remporté la Palme d'or à Cannes cette année.

le Festival de Cannes

die Internationalen Filmfestspiele von Cannes **festivalier/-ière**

« Un de mes grands rêves est de présenter un jour un film au Festival de Cannes », confie la réalisatrice.

le grand écran das Kino

L'actrice américaine Angelina Jolie est de retour sur le grand écran.

le héros der Held l'héroïne **héroïsme ; héroïque**

Le héros du film est un écrivain raté.

long métrage m Spielfilm

Ce long métrage sorti sur Netflix est nominé aux Oscars.

monstre sacré m Größe aus der Welt des Films/Theaters **monstrueux, -euse**

Le Figaro Magazine a rencontré Gérard Depardieu, le monstre sacré du cinéma français.

montage m Schnitt **monter**

Le réalisateur a terminé le montage du film il y a quelques jours.

palmarès m Liste der Preisträger; Liste der Auszeichnungen

Le palmarès de l'actrice française Isabelle Huppert est impressionnant.

plan m (Kamera-)Einstellung; Aufnahme

Il y a de très beaux plans dans ce long métrage.

projection f Filmvorführung **projeter**

La projection du film sera suivie d'un échange avec les acteurs.

réalisateur m Regisseur la réalisatrice **réaliser ; réalisation**

À 30 ans, le réalisateur québécois Xavier Dolan sort déjà son huitième film.

récompense f Preis, Auszeichnung **récompenser**

La Palme d'or est la récompense suprême du Festival de Cannes.

scénario m Drehbuch **scénariste**

Le scénario du film s'inspire de faits réels.

second rôle m Nebenrolle

Elle est nommée dans la catégorie « Meilleure actrice dans un second rôle ».

sortir in die Kinos kommen **sortie**

En France, les films sortent le mercredi.

tenir le premier rôle die Hauptrolle spielen

Top-modèle russe de 27 ans, Sasha Luss tient le premier rôle dans Anna, le nouveau thriller de Luc Besson.

tête d'affiche f Hauptdarsteller/in

L'an prochain, le jeune comédien sera la tête d'affiche d'un film d'horreur.

tourner drehen **tournage**

Le film Bienvenue chez les Ch'tis a été principalement tourné à Bergues, dans le nord de la France.

vedette f Star

Les vedettes prennent la pose sur le tapis rouge du Festival de Cannes.

voix off f Offstimme

La voix off est présente tout au long du film.

? 48 *Trouvez pour chaque phrase la fin qui convient.*

1. Monstre sacré du cinéma français, Alain Delon a été récompensé en 2019 de	a) par la bande-annonce.
2. L'adaptation de ce roman à succès sur grand	b) sur la Croisette.
3. Inconnu du grand public, le comédien a reçu le César du	c) toute la projection du film.
4. Ce film policier promet d'être riche en rebondissements, à en juger	d) premier court métrage.
5. Le premier long métrage de la réalisatrice a été acclamé	e) en salle ce mercredi.
6. Sous les flashs des photographes, les vedettes prennent la pose	f) la Palme d'or d'honneur à Cannes.
7. Plusieurs films très prometteurs sortent	g) la bande originale.
8. Malgré un scénario haletant, Camille a dormi pendant	h) écran a déçu les cinéphiles.
9. Étudiante en cinéma, elle a réalisé son	i) par la critique.
10. Comme Lise a adoré les musiques du film, elle a téléchargé	j) meilleur acteur dans un second rôle.

1. ____ 2. ____ 3. ____ 4. ____ 5. ____

6. ____ 7. ____ 8. ____ 9. ____ 10. ____

MUSIQUE

air m Melodie; Arie

Comme chaque matin, elle prend son café en écoutant un air d'opéra.

auteur-compositeur-interprète m Liedermacher

Monument de la chanson française, Barbara (1930 – 1997) fut auteure-compositrice-interprète.

cantatrice f Opernsängerin

La cantatrice Maria Callas, bien que disparue il y a plus de 40 ans, se produira mardi soir à Bruxelles, lors d'un concert en hologramme.

chanson f Lied, Song; Chanson **chanter ; chant**

Charles Aznavour est l'un des grands noms de la chanson française.

chanteur m Sänger la chanteuse

La chanteuse Zaz a fait ses débuts dans le métro parisien.

chef de chœur m Chorleiter la cheffe

« Nous chanterons a cappella », précise Carole, cheffe de chœur.

chef d'orchestre m Dirigent la cheffe

Le chef d'orchestre britannique Simon Rattle a dirigé l'Orchestre philharmonique de Berlin de 2002 à 2018.

chorale f Chor **choriste ; chœur**

La chorale d'enfants a entonné des chants de Noël.

comédie musicale f Musical

À la fin des années 90, la comédie musicale Notre-Dame de Paris, inspirée du roman de Victor Hugo, fut un succès populaire.

compositeur m Komponist la compositrice **composer ; composition**

De son vivant, le compositeur Hector Berlioz (1803 – 1869) était ignoré par le public français.

conservatoire m Musikschule; Konservatorium **conserver**

Patrice est professeur de trompette au conservatoire de Troyes.

droits d'auteur m pl Tantiemen

Nous ne pourrons pas organiser de concert sans payer des droits d'auteur.

festivalier m Festivalbesucher la festivalière **festival ; festif, -ive**

La 43e édition du Printemps de Bourges a attiré plus de 200 000 festivaliers.

maison de disques f Plattenfirma

Seule maison de disques entièrement gérée par des Noirs, le mythique label américain Motown fête ses 60 ans.

mélomane m/f Musikliebhaber/in **mélodie**

Mon père est un grand mélomane.

musique classique f klassische Musik **musical**

« La musique classique, ce n'est pas que pour les élites », affirme-t-il.

musique contemporaine f zeitgenössische Musik

La musique contemporaine est associée en France au nom de Pierre Boulez (1925 – 2016).

musique de chambre f Kammermusik

Nous avons assisté à un concert de musique de chambre.

opéra m Oper

Carmen est un opéra en quatre actes de Georges Bizet.

paroles f pl Text **parler ; parolier/-ière**

Les paroles de la chanson ont été largement commentées sur les réseaux sociaux.

partition f Partitur; Noten

Les choristes déchiffrent la partition avec le chef de chœur.

pochette f Cover, Hülle

La pochette et le livret de l'album contiennent de superbes dessins.

reprendre une chanson einen Song covern, neu interpretieren **reprise**

Il s'est fait connaître en reprenant des chansons d'Elvis Presley.

rythme m Rhythmus **rythmer ; rythmique**

Dans ce titre au rythme entraînant, le chanteur évoque ses souvenirs d'enfance.

salle de concert f Konzerthalle

Le Bataclan, salle de concert et de spectacle parisienne, fut la cible d'un attentat terroriste le 13 novembre 2015.

sortir herauskommen; herausbringen **sortie**

Son nouvel album est sorti en début d'année.

tube m Hit fam.

Cette chanson, avec son clip festif et coloré, a tout pour devenir le prochain tube de l'été.

? **49** *En utilisant les termes du chapitre « Musique », complétez le tableau de sorte que chaque ligne forme une famille de mots. Les cases avec un tiret (–) restent vides.*

nom	**verbe**	**adjectif**
mélodie	–	
	chanter	–
reprise		–
	composer	–

	parler	–
	conserver	–
	–	festif
		rythmique
musique	–	

BANDE DESSINÉE

album m Comicband
Les albums d'Astérix sont traduits dans 111 langues et dialectes.

aventure f Abenteuer **aventurier/-ière**
Les premiers albums des Aventures extraordinaires d'Adèle Blanc-Sec, série de bande dessinée créée par Jacques Tardi, ont paru en 1976.

BD (bande dessinée) f Comic fam.
Le Festival international de la bande dessinée d'Angoulême est le plus grand rassemblement européen de la BD.

bédéiste m/f Comicautor/in **= scénariste (de bande dessinée)**
Les bédéistes québécois sont de plus en plus publiés à l'étranger.

bulle f Sprechblase
Au festival de la Bulle d'Or, près de Lyon, on peut rencontrer des bédéistes et voir des expositions de bande dessinée.

couleur f Farbe **colorer ; multicolore**

Ce roman graphique est dessiné avec beaucoup de soin et une magnifique palette de couleurs.

---

dessinateur m Zeichner la dessinatrice **dessiner ; dessin**

Le dessinateur belge Morris est le créateur de Lucky Luke.

---

en noir et blanc schwarzweiß

La Franco-Libanaise Zeina Abirached décrit dans ses romans graphiques en noir et blanc le Beyrouth de son enfance.

---

graphisme m grafische Gestaltung; Zeichenstil **graphiste ; graphique**

Le graphisme de cet album est original, l'histoire plaisante.

---

le neuvième art die neunte Kunst, das Genre des Comics

Le neuvième art investit les galeries, musées et salles de vente.

---

manga m Manga

La Japan Expo, qui se tient chaque année à Paris, est le rendez-vous incontournable des amateurs de mangas.

---

roman graphique m Graphic Novel

Il est l'auteur d'un roman graphique sur la Première Guerre mondiale.

---

planche f Comicseite

Une planche originale de Tintin et l'Étoile mystérieuse a été vendue 400 000 euros aux enchères.

---

super-héros m Superheld

Superman, le super-héros des comics américains, revient !

---

vignette f (einzelnes) Comicbild **= case**

Cette courte bande dessinée est composée de neuf vignettes.

? 50 *Quels sont les équivalents français des mots ou expressions suivants ? Notez-les.*

1. Sprechblase ____________________
2. Graphic Novel ____________________
3. Comicseite ____________________
4. Comicautor/in ____________ • ____________
5. grafische Gestaltung, Zeichenstil ____________________
6. schwarzweiß ____________________
7. Comicband ____________________
8. die neunte Kunst, das Genre des Comics ____________________
9. Comic ____________________ (fam.)
10. (einzelnes) Comicbild ____________ • ____________

BEAUX-ARTS

autoportrait m Selbstporträt
Le célébrissime « Autoportrait » de Vincent Van Gogh serait en fait un portrait de son frère Théo.

chef-d'œuvre m Meisterwerk
Picasso, Gauguin, Renoir ou encore Monet et Matisse… Une incroyable collection de chefs-d'œuvre est présentée au musée Pouchkine de Moscou.

collectionneur m Sammler la collectionneuse **collectionner ; collection**

Un collectionneur anonyme a acquis ce tableau de Monet en 1986, lors d'une vente chez Christie's à New York.

commissaire m/f Kurator/in

La visite guidée sera assurée par la commissaire de l'exposition.

courant m Strömung

Le cubisme est un courant artistique qui apparaît en France au début du XXe siècle.

détail m Ausschnitt

Cette image est un détail du tableau La Liberté guidant le peuple (1830) d'Eugène Delacroix.

esquisse f Skizze, Entwurf **esquisser**

Nous exposerons des peintures, dessins et esquisses de l'artiste.

exposition f Ausstellung expo (fam.) **exposer**

Au total, 162 œuvres sont présentées au Louvre dans le cadre de l'exposition consacrée à Léonard de Vinci.

flèche f Turmspitze; Spitzturm

La flèche de Notre-Dame de Paris, conçue par l'architecte Viollet-le-Duc au XIXe siècle, s'est effondrée lors de l'incendie du 15 avril 2019.

gothique gotisch

Notre-Dame d'Amiens est la plus grande cathédrale gothique de France.

gravure f Stich; Radierung **graver**

Une gravure d'Albrecht Dürer a été découverte lors d'une brocante à Sarrebourg en Moselle.

histoire de l'art f Kunstgeschichte **historien/-ienne ; historique**

Passionnée d'histoire de l'art, elle rêve d'étudier à l'École du Louvre, à Paris.

immortaliser verewigen, unsterblich machen **immortalité ; immortel, -elle**
Figure de Montmartre immortalisée par Toulouse-Lautrec, La Goulue fut à la fin du XIXe siècle la star du Moulin Rouge.

les beaux-arts m pl die schönen Künste; die bildende Kunst
À 18 ans, il intègre l'École des beaux-arts de Rennes.

mécène m/f Mäzen/in **mécénat**
Les mécènes américains ont financé de grands projets de restauration au château de Versailles.

nature morte f Stilleben
Une nature morte de Paul Gauguin rejoint les collections du Musée d'Orsay.

nef f Kirchenschiff
De nombreuses statues de saints ornent la nef de l'église.

nu m Akt **nudité ; dénudé**
Olympia (1863) est un nu de Manet qui a fait scandale en son temps.

peintre m/f Maler/in **= artiste peintre**
Edgar Degas est surnommé « le peintre des danseuses ».

peinture à l'huile f Ölgemälde **peindre**
Cette peinture à l'huile a été réalisée par Auguste Renoir en 1892.

pinceau m Pinsel
Artiste autodidacte, il est né avec un pinceau dans la main.

poser Modell sitzen **pose**
Est-ce vraiment Lisa del Giocondo, plus connue sous le nom de Mona Lisa, qui a posé pour Léonard de Vinci il y a plus de 500 ans ?

restaurer restaurieren **restauration ; restaurateur/-trice**
Il aura fallu cinq ans pour restaurer ce tableau.

restitution f Rückgabe **restituer**

La France a annoncé en 2018 la restitution au Bénin de 26 œuvres d'art ramenées à Paris pendant la période coloniale.

---

roman romanisch romane

La basilique Saint-Sernin, à Toulouse, est un chef-d'œuvre de l'art roman.

---

sculpteur m Bildhauer la sculptrice **sculpter ; sculpture**

Camille Claudel, sculptrice de génie, élève et muse de Rodin, a enfin son musée.

---

spoliation d'œuvres d'art f Kunstraub **spolier**

Durant la Seconde Guerre mondiale, la résistante française Rose Valland a documenté la spoliation d'œuvres d'art par l'occupant allemand.

---

tableau m Gemälde

Des tableaux de grands maîtres hollandais sont exposés au Rijksmuseum à Amsterdam.

---

toile f Leinwand; Gemälde

J'ai admiré les toiles de Berthe Morisot, femme impressionniste, au musée Marmottan Monet à Paris.

---

trait m Strich; Linienführung

L'artiste est connu pour la précision de son trait et l'harmonie de ses couleurs.

---

vitrail m (buntes) Kirchenfenster **vitre**

À Metz, on peut découvrir dans la cathédrale de superbes vitraux de Chagall.

---

voûte f Gewölbe

À la Renaissance, des peintres italiens ont recouvert de fresques la voûte de la cathédrale d'Albi, dans le sud de la France.

51 *Complétez les phrases par le mot qui convient. Assurez-vous, dans certains cas, d'avoir utilisé la bonne forme grammaticale.*

nu • trait • flèche • immortaliser • chef-d'œuvre • autoportrait • exposition • sculptrice

1. Détruite par l'incendie d'avril 2019, la ______________________ de Notre-Dame de Paris sera-t-elle reconstruite à l'identique ?
2. Muse et amante de Rodin, Camille Claudel sort de l'ombre. En 2017, un musée entièrement consacré à la ______________________ a ouvert ses portes à Nogent-sur-Seine.
3. Pierre Bonnard, comme de nombreux peintres avant lui, a souvent travaillé le genre délicat de l'______________________.
4. En 1863, Olympia, tableau réalisé par Manet, est jugé comme le plus scandaleux des ______________________ féminins jamais peints.
5. L'impressionniste Berthe Morisot est mise à l'honneur à l'occasion d'une grande ______________________ au Musée d'Orsay.
6. Peintre pressé et dessinateur virtuose, Henri de Toulouse-Lautrec peint les prostituées d'un ______________________ rapide qui annonce les libertés de l'art moderne.
7. Les célèbres falaises d'Étretat furent ______________________ pas moins de quatre-vingt fois par Claude Monet.
8. Le Christ moqué, ______________________ du peintre italien Cimabue, a été découvert dans la cuisine d'une dame âgée près de Paris.

THÉÂTRE

acte m Akt; Aufzug
Phèdre est une tragédie en cinq actes de Jean Racine, représentée pour la première fois en 1677.

amant m Liebhaber **aimer**
Rodrigue est l'amant de Chimène dans Le Cid (1637) de Corneille.

avarice f Geiz **avare**
L'avarice d'Harpagon, le héros de L'Avare (1668) de Molière, est légendaire.

comédie f Komödie **comique**
Au théâtre, elle a tout joué, des comédies de Molière aux tragédies shakespeariennes.

comédien m Schauspieler (Theater, Fernsehen, Kino) la comédienne **comédie**
Les comédiens répètent la pièce qu'ils joueront demain soir.

confident m Vertrauter **confier ; confidentiel, -ielle**
Albine est la confidente d'Agrippine dans Britannicus (1669), la tragédie de Racine.

curiosité f Neugier **curieux, -ieuse**
« La curiosité naît de la jalousie », écrit Molière dans l'une de ses pièces.

décor m Bühnenbild **décorer ; décoration**
Les techniciens démontent le décor de la pièce après la représentation.

frapper les trois coups den Beginn der Vorstellung durch dreimaliges Klopfen anzeigen
À 20h30 précises, vous entendrez frapper les trois coups.

hypocrisie f Heuchelei **hypocrite**
Dans Tartuffe (1664), Molière dénonce l'hypocrisie des dévots qui se servent de la religion pour séduire.

incarner verkörpern **incarnation**
« J'aurais aimé incarner Lady Macbeth », confie la comédienne.

---

les trois unités f pl die drei Einheiten
Le théâtre classique doit suivre la règle des trois unités : unité de lieu, unité d'action et unité de temps.

---

lever du rideau m Beginn der Vorstellung; Aufgehen des Vorhangs
Avant le lever du rideau, on rappelle aux spectateurs d'éteindre leur téléphone portable.

---

maître m Herr la maîtresse **maîtriser ; maîtrise**
Dom Juan est le maître de Sganarelle dans la pièce de Molière Dom Juan ou le Festin de Pierre (1665).

---

mise en scène f Inszenierung, Regie **metteur/-euse en scène**
J'ai apprécié la mise en scène et le jeu des comédiens.

---

personnage m Figur **personne**
Le personnage d'Antigone a inspiré de nombreux dramaturges.

---

pièce (de théâtre) f Theaterstück **théâtral**
Les élèves du lycée ont présenté leur nouvelle pièce de théâtre.

---

répétition générale f Generalprobe **répéter ; répétiteur/-trice**
Nous avons pu assister à la répétition générale.

---

réplique f Erwiderung; Satz **répliquer**
Vous connaissez certainement cette célèbre réplique de Hamlet : « Être ou ne pas être, telle est la question ».

---

représentation f Aufführung **représenter**
La Comédie-Française fête la 500e représentation du Malade imaginaire (1673) de Molière.

---

rôle m Rolle

Il a interprété de grands rôles au théâtre.

ruse f List **rusé**

Le personnage d'Elmire utilise la ruse pour démasquer Tartuffe dans la célèbre comédie de Molière.

scène f Bühne; Szene **scénique**

Le comédien finit de se maquiller avant de monter sur scène.

servante f Dienstmädchen **servir ; service**

Les servantes, dans les pièces de Molière, sont souvent très franches.

tragédie f Tragödie **tragique**

La tragédie est un genre théâtral dont l'origine remonte au théâtre grec antique.

troupe f Truppe, Ensemble

La troupe se produira cet été au Festival d'Avignon.

valet m Diener

Molière met en scène un valet malicieux dans Les Fourberies de Scapin (1671).

? **52** *Complétez chaque phrase par un mot appartenant à la même famille que le terme entre parenthèses.*

1. Malgré une mise en scène plutôt décevante, les ________________ ont conquis leur public. (comédie)

2. Pris d'un malaise sur scène, Molière meurt quelques heures après avoir ____________________ Argan, le héros de sa pièce Le Malade imaginaire. (incarnation)

3. Malgré une ________________________ générale catastrophique, la première s'est très bien déroulée. (répéter)

4. Cette comédie aux ________________________ savoureuses a conquis critiques et spectateurs. (répliquer)

5. Dès le lever du rideau, son trac disparaît et il entre dans la peau de son ________________________. (personne)

6. Dans ses pièces, Molière dénonce les vices de son temps tels que l'avarice et l'________________________. (hypocrite)

7. En proposant des ________________________ insolites, elle casse les codes du théâtre. (metteur en scène)

8. Le théâtre affiche complet pour la ________________________ de samedi soir… Nous aurions dû réserver nos places plus tôt. (représenter)

LITTÉRATURE

aborder anschneiden, zur Sprache bringen
L'auteur aborde le thème du racisme dans ce texte.

---

bouleversant erschütternd **bouleverser ; bouleversement**
La critique littéraire salue un récit « bouleversant ».

---

brosser le portrait de qn/qc jdn./etw. porträtieren
Dans son roman, il brosse le portrait de la société parisienne du début du XXe siècle.

---

captivant spannend **captiver**
Le récit est captivant de la première à la dernière page.

---

casser les codes mit den Regeln, Konventionen brechen
L'écrivain s'amuse à casser les codes du roman policier.

classique m Klassiker
Don Quichotte, le roman de Cervantes, est un classique de la littérature espagnole.

comparaison f Vergleich **comparer**
Les comparaisons faciles ou banales peuvent appauvrir un texte littéraire.

conte m Märchen **conter ; conteur/-euse**
Parmi les contes de Charles Perrault, on peut citer Le Chat botté, Cendrillon ou encore Le Petit Poucet.

coup de théâtre m Paukenschlag, überraschende Wendung
Dans cette pièce, un coup de théâtre survient à la fin du deuxième acte.

dédier widmen
Charles Baudelaire a dédié son poème Le Cygne (1861) à Victor Hugo.

dénouement m Ausgang, Ende **dénouer ; nœud**
Faut-il s'attendre à un dénouement tragique ou à une fin heureuse ?

digression f Abschweifung **digresser**
Le roman Jacques le Fataliste et son maître, écrit par Denis Diderot et paru en 1796, est connu pour ses multiples digressions.

émouvoir bewegen, erschüttern **émotion ; émouvant**
L'héroïne du roman, une jeune femme attachante et sensible, ne peut qu'émouvoir le lecteur.

épilogue m Epilog, Nachwort **épiloguer**
Dans l'épilogue, l'auteure s'interroge sur l'avenir de la science.

époque f Epoche, Zeit
Dans son œuvre, Émile Zola dépeint avec brio la société de son époque.

évoluer s. bewegen; s. entwickeln **évolution**

Ses personnages évoluent dans un univers poétique.

évoquer schildern; erwähnen; erinnern an **évocation ; évocateur, -trice**

Le narrateur évoque ses amours malheureuses.

exprimer ausdrücken **expression**

Dans ce passage, le héros exprime ses doutes et ses craintes.

extrait m Auszug **extraire**

Ces lycéens étudient un extrait de Candide (1759) de Voltaire.

figure de style f Stilfigur, Stilmittel

La métaphore (du grec metaphora qui signifie « transport ») est une figure de style très ancienne.

genre m Genre, Gattung

En France, la nouvelle est un genre littéraire mal aimé.

homme de lettres m Schriftsteller, Literat la femme de lettres

Jean d'Ormesson était un homme de lettres et académicien français.

intrigue f Handlung **intriguer**

L'intrigue se déroule à Roscoff, en Bretagne.

l'Académie française f

Akademie zur Pflege der französischen Sprache **académicien/-ienne**

L'Académie française donne son feu vert à la féminisation des noms de métiers, titres, grades et fonctions.

le prix Goncourt bedeutendster frz. Literaturpreis

Nicolas Mathieu a remporté le prix Goncourt en 2018 pour son roman Leurs enfants après eux.

lecture (publique) f Lesung; Lektüre **lecteur/-trice**

À la Foire du livre de Francfort, on peut assister à de nombreuses lectures.

littérature jeunesse f Jugendliteratur **jeune**

Le Petit Prince, grand classique de la littérature jeunesse, est aussi un livre qui fait réfléchir les adultes.

maison d'édition f Verlag

La maison d'édition Gallimard a obtenu quatre prix littéraires cette saison.

mœurs f pl Sitten; Lebenswandel; Moralvorstellungen

Flaubert dépeint dans Madame Bovary (1856) les mœurs de la petite bourgeoisie de province.

narrateur m Erzähler la narratrice **narration ; narratif, -ive**

Florent-Claude Labrouste est le personnage central et narrateur de Sérotonine, roman de Michel Houellebecq paru en 2019.

péripétie f (entscheidende) Wendung, Peripetie

Cette histoire riche en péripéties plaira aux jeunes lecteurs.

personnification f Personifizierung **personnifier ; personne**

La personnification est une figure de style qui consiste à attribuer des traits humains à une chose, une idée ou un animal.

plume f Feder; Stil fig.

Cette jeune auteure a une belle plume.

polar m Krimi, Kriminalroman fam.

Lire un bon polar est toujours un plaisir, le faire découvrir l'est tout autant.

prologue m Prolog, Vorwort

Dans le prologue de ce roman, l'écrivain s'adresse directement au lecteur.

récit m Erzählung

Le récit nous transporte sur une plage de Normandie, à la fin des années 1960.

recueil de poèmes m Gedichtsammlung, Anthologie **recueillir**

Les Illuminations est un recueil de poèmes composés par Arthur Rimbaud entre 1872 et 1875.

---

rentrée littéraire f Auftakt der Literatursaison mit zahlreichen Neuerscheinungen

Rentrée littéraire : plus de 500 romans sont attendus en librairie d'ici la fin octobre

---

rime f Reim **rimer**

La poésie a ses rimes, la musique ses accords.

---

roman choral m vielstimmiger, mehrperspektivischer Roman

Dans ce roman choral séquencé en courts chapitres, l'auteur multiplie les points de vue et les situations.

---

romantisme m Romantik **romantique**

Victor Hugo est l'une des grandes figures du romantisme français.

---

signer verfassen **signature**

L'écrivaine belge Amélie Nothomb signe un nouveau roman.

---

s'inspirer de qc auf etw. beruhen; s. von etw. inspirieren lassen **inspiration**

La romancière s'est inspirée de la vie de son grand-père.

---

soutenu gehoben **soutenir**

Le registre soutenu est surtout employé à l'écrit.

---

tome m Band **= volume**

Les sept tomes du roman À la recherche du temps perdu, de Marcel Proust, ont été écrits entre 1906 et 1922.

---

traiter de qc von etw. handeln

Cette nouvelle traite de la relation père-fils à l'adolescence.

---

trame f Aufbau

La trame du récit est linéaire.

---

transition f Überleitung

Le récit de cette autobiographie est morcelé : il n'y a pas de transition entre les chapitres.

véhiculer vermitteln **véhicule**

Ce texte véhicule un message de tolérance.

? **53** *Remplacez les points d'interrogation par les mots ci-dessous.*

Goncourt • bouleversante • plume • édition • rentrée • genre • recueil • signé

1. L'œuvre de Marcel Proust est publiée chez Gallimard, l'une des maisons d' ? les plus prestigieuses de France.

□□□□□■□

2. L'autofiction, à mi-chemin entre l'autobiographie et le roman, est un ? littéraire en vogue en France depuis le début des années 2000.

□□□□□

3. Avec 524 nouveaux livres au lieu de 567, cette ? littéraire s'annonce moins riche que celle de l'année dernière.

□■□□□□□

4. Guillaume Apollinaire est l'auteur de Calligrammes, un ? de poèmes écrits en forme de dessins.

□□□□□□■

5. La singularité et l'élégance de sa ? font de cette auteure l'une des plus marquantes du XXe siècle.

□□□■□

6. Dans Orléans, autofiction ? de 260 pages, l'écrivain français Yann Moix revient dans le détail sur son enfance martyre.

☐☐☐☐☐▨☐☐☐☐☐☐☐

7. Depuis vingt ans, chaque roman ? Michel Houellebecq est un évènement médiatique.

☐☐☐☐☐

8. Début novembre, le monde de l'édition n'a qu'une question en tête : qui sera le nouveau lauréat du prix ? ?

☐☐☐☐☐▨☐☐

Mettez dans le bon ordre les lettres des cases roses pour trouver le synonyme du mot « tome ».

__ __ __ __ __ __

FÊTES, RITUELS ET SYMBOLES DE LA FRANCE

bonnet phrygien m Jakobinermütze phrygien, -ienne

Hérité de l'Antiquité, le bonnet phrygien est également appelé « bonnet de la liberté ».

bûche de Noël f

traditionell an Weihnachten gegessene Biskuitrolle **bûcheron/-onne**

La bûche de Noël est le dessert incontournable des repas de fin d'année.

carnaval m Karneval **carnavalesque**

Le carnaval de Dunkerque commencera officiellement le 1er février avec le bal du chat noir.

chasse aux œufs f Ostereiersuche **chasser ; chasseur/-euse**

Lors du week-end de Pâques, plusieurs communes de Seine-Saint-Denis, en banlieue parisienne, proposent aux enfants de participer à des chasses aux œufs.

cocarde tricolore f Kokarde (rosettenförmiges Abzeichen in den Farben der Trikolore)

La cocarde tricolore apparaît pendant la Révolution française.

coq m der gallische Hahn

Le coq est sans doute le plus ancien des emblèmes de la France.

drapeau tricolore m Trikolore

Hommage aux victimes des attentats : les Français sont invités à accrocher un drapeau tricolore à leurs fenêtres.

écharpe tricolore f Schärpe in den Farben der Trikolore

En France, les maires et les parlementaires portent l'écharpe tricolore.

Épiphanie f Dreikönigstag

Fête religieuse, l'Épiphanie est aussi un moment convivial et gourmand symbolisé par la galette des Rois.

faire la bise à qn jdm. ein Küsschen (auf die Wange) geben

En partant, je lui ai fait la bise.

faire le pont einen Brückentag einlegen

Ce jeudi étant férié, beaucoup vont en profiter pour faire le pont.

Fête de la musique f Fest der Musik **fêter**

La Fête de la musique a été créée en 1982 par Jack Lang, alors ministre de la Culture.

fête des mères f Muttertag la fête des pères

La fête des mères, en France, a lieu en principe le dernier dimanche du mois de mai.

fête des voisins f Nachbarschaftsfest **avoisiner ; voisinage**

Créée en 1999, la fête des voisins contribue à améliorer les relations de voisinage.

fête nationale f Nationalfeiertag

La Ville de Paris proposera un grand concert gratuit le 14 Juillet, à l'occasion de la fête nationale.

feu d'artifice m Feuerwerk

Qui dit 14 Juillet, dit feux d'artifice un peu partout en France.

fève f im Dreikönigskuchen versteckte Figur

Noémie, qui a trouvé la fève, est devenue reine et a choisi son roi : Gabriel.

foie gras m Leberpastete gras, grasse

Y aura-t-il du foie gras cette année sur votre table de Noël ?

galette des Rois f Dreikönigskuchen **royal**

En ce 6 janvier, des millions de Français vont déguster la galette des Rois en famille ou entre amis.

grandes vacances f pl Sommerferien **vacancier/-ière**

Pendant les grandes vacances, Naïm rendra visite à sa famille en Tunisie.

hymne national m Nationalhymne

Ils ont chanté en chœur La Marseillaise, l'hymne national de la France.

jour férié m Feiertag

En France, le 8 mai est un jour férié qui commémore la victoire des Alliés sur l'Allemagne nazie en 1945.

la Chandeleur Lichtmess

À la Chandeleur, on déguste des crêpes.

la Saint-Sylvestre Silvester

12 000 policiers, gendarmes, pompiers et secouristes seront mobilisés pour la Saint-Sylvestre, a indiqué le préfet de police de Paris.

la Saint-Valentin Valentinstag

La Saint-Valentin, fête commerciale ou fête des amoureux ?

l'Hexagone m Frankreich (das Sechseck) **hexagonal**

L'expression « L'Hexagone » fait référence à la forme du territoire français.

Marianne Marianne (Symbolfigur der frz. Republik)

Le visage de Marianne orne les timbres français.

muguet m Maiglöckchen

Le 1er mai, c'est la Fête du travail, mais c'est aussi celle du muguet.

nouvel an m Neujahr, Jahreswechsel

Nouvel an à Lyon : les métros vont circuler toute la nuit du 31 décembre

pascal Oster-, österlich

La préfecture appelle à la prudence sur les routes en ce week-end pascal.

père Noël m Weihnachtsmann

Qu'as-tu demandé au père Noël cette année ?

plateau de fromages m Käseteller

Voici quelques conseils pour bien composer votre plateau de fromages.

poisson d'avril m Aprilscherz

Ce que je vous raconte n'est pas un poisson d'avril, c'est bien vrai.

prendre l'apéro einen Aperitif (zu sich) nehmen fam. (apéritif)

On a pris l'apéro, puis on s'est mis à table.

quatre-heures m süße Nachmittagsmahlzeit fam. ; des quatre-heures

Tous les mercredis, j'achète un pain au chocolat à ma petite-fille pour son quatre-heures.

réveillon m (Festessen an) Weihnachten/Silvester **réveillonner**

Depuis neuf ans, ce centre social organise un réveillon solidaire pour les personnes isolées.

trêve des confiseurs f Unterbrechung der polit. Aktivitäten während der Feiertage zum Jahresende
Le Premier ministre ne prendra pas de vacances pendant la trêve des confiseurs.

tricolore französisch
Zinedine Zidane est une grande figure du football tricolore.

trinquer à qc auf etw. anstoßen
Trinquons à l'amitié !

? 54 *Trouvez pour chaque phrase la fin qui convient.*

1. Selon les régions, en France, on échange
2. Lors des cérémonies publiques, les maires français portent
3. Le 1er mai, la tradition veut que l'on offre un brin de
4. Le jour de la Chandeleur, on savoure des
5. Le 6 janvier, ce gâteau à pâte feuilletée
6. Incontournable des fêtes de fin d'année, le foie gras se déguste parfois avec du confit
7. Le 14 juillet au soir, presque toutes les communes françaises organisent
8. Le buste de Marianne trône
9. La France est communément appelée
10. Comme les huîtres et la dinde, la bûche de Noël est un classique

a) crêpes.
b) de figues.
c) l'Hexagone.
d) dans toutes les mairies de France.
e) une, deux, trois ou quatre bises.
f) indétrônable sur la table du réveillon.
g) l'écharpe tricolore.
h) muguet à ceux que l'on aime pour leur porter chance.
i) un feu d'artifice.
j) est à l'honneur : la galette des Rois.

1. ____ 2. ____ 3. ____ 4. ____ 5. ____ 6. ____ 7. ____ 8. ____ 9. ____ 10. ____

LES JEUNES

1
1. l'Éducation nationale • 2. filière • 3. programme scolaire • 4. rentrée (scolaire)/rentrée des classes • 5. réviser • 6. baccalauréat/bac • 7. emploi du temps • 8. bulletin • 9. égalité des chances • 10. échange scolaire

2
rupture • dispute • confidence ; confident • draguer • jalousie • tendresse • intimider, timide • connaissance • fidélité

3
1. vêtements de marque • 2. fait la fête • 3. fait (jamais) les magasins • 4. glander • 5. kiffe • 6. colonie de vacances/colo • 7. écouteurs • 8. connectée

4
1. troubles • 2. tentative • 3. limites • 4. fugue • 5. alcoolisées • 6. anxieux 7. phobie • 8. accro

5
1. classe préparatoire • 2. concours d'entrée • 3. jeune fille au pair • 4. rentrée universitaire • 5. cours magistral • 6. examens partiels • 7. grandes écoles

SOCIÉTÉ

6
1. unique • 2. compagne • 3. orphelinat • 4. nounou • 5. célibataire • 6. séparation • 7. enceinte • 8. fratrie

7
1. noyer • 2. nationalité • 3. sauvent • 4. xénophobes • 5. expulsés • 6. réfugiés • 7. regroupement • 8. clandestins

8
1. féminicides • 2. plafond de verre • 3. harcèlement sexuel • 4. différence de salaire • 5. avortement • 6. violences conjugales • 7. tâches domestiques • 8. instaurer des quotas

9
1. défavorisés • 2. populaires • 3. seuil • 4. maraudes • 5. hébergements • 6. sans-abri • 7. la rue • 8. trêve

10
1. tenu des propos racistes • 2. transgenre • 3. Roms • 4. font leur coming-out • 5. aux minorités sexuelles • 6. le rejet de l'autre • 7. préjugés • 8. exclue

11
croyance, croire • baptême • intégriste • voile, voilé • prier • appartenance • jeûne • communauté ; communautarisme • laïque/laïc

12
1. équipe • 2. blessure • 3. supporteur/supporter • 4. randonnée • 5. détente • 6. se dépasser • 7. arbitre • 8. défi • 9. passe-temps • 10. compétition

VIE POLITIQUE EN FRANCE

13
1. siègeront • 2. nationale • 3. palais • 4. pouvoirs • 5. l'Intérieur • 6. judiciaire • 7. collectivités • 8. Conseil

14
1. portefeuille • 2. approuver • 3. hémicycle • 4. rejeter • 5. entrer en vigueur • 6. projet de loi • 7. adopter une loi/voter une loi • 8. abolir • 9. légiférer • 10. promulguer une loi

15
1. politiciens • 2. populismes • 3. étiquette • 4. écologistes • 5. congrès • 6. militants/adhérents • 7. adhérents/militants • 8. extrême

16
1. sondages • 2. voix • 3. isoloir • 4. électorat • 5. abstentionnistes • 6. élus • 7. intentions • 8. primaire

17
désobéissance • manifestation ; manifestant • contestation • débattre • égal ; égalitaire • tract • plébisciter • défense ; défenseur • association, associatif

18
1. i • 2. g • 3. j • 4. a • 5. h • 6. b • 7. d • 8. c • 9. f • 10. e

MONDE DU TRAVAIL

19
réseau ; réseautage • candidat ; candidature • apte • pistonner • convocation • chômage ; chômeur • vacant • se reconvertir • embauche

20
1. f • 2. j • 3. g • 4. a • 5. i • 6. b • 7. c • 8. d • 9. e • 10. h

21
1. saisonnier • 2. gérante • 3. élevage • 4. employé • 5. fonctionnaires • 6. free-lance • 7. artisan • 8. publique
jeune pousse = start-up

22
1. acquis • 2. grogne • 3. négociation • 4. revendiquent • 5. grévistes • 6. emplois précaires • 7. code du travail • 8. fermetures • 9. supprimé • 10. en sous-effectif

ÉCONOMIE

23
dette ; endettement • redistribuer • équilibre, équilibré • protection ; protectionnisme • inflationniste • prospérité, prospérer • cotisation • croissance, croissant • austère

24
1. i • 2. g • 3. f • 4. j • 5. c • 6. e • 7. b • 8. d • 9. a • 10. h

25
1. en liquide • 2. rachat • 3. faillite • 4. emprunter de l'argent • 5. chiffre d'affaires • 6. accorder un crédit • 7. Bourse • 8. financement participatif

26
1. site de production • 2. faire les trois-huit • 3. travail à la chaîne • 4. secteur porteur • 5. compétitivité • 6. mondialisation • 7. délocaliser • 8. PME/petites et moyennes entreprises • 9. (groupe) pétrolier • 10. main-d'œuvre

27
1. égéries • 2. défilent • 3. griffes • 4. grands crus • 5. fines bouches • 6. terroirs • 7. industrie du luxe • 8. bonnes tables

28
1. voyagiste • 2. balnéaire • 3. croisiéristes • 4. écotourisme • 5. patrimoine • 6. cohue • 7. dépaysement • 8. virée
un lieu, un site ou un monument qu'il faut absolument visiter = un incontournable

NOTRE MONDE

29
1. logement • 2. beaux • 3. centre-ville • 4. pavillon • 5. loyers • 6. insalubre • 7. portuaire • 8. verts

30
1. falaise • 2. pluvieux • 3. tremblement de terre ; séisme • 4. côte ; littoral • 5. bassin méditerranéen • 6. l'Hexagone • 7. écart de température • 8. champ • 9. le Midi • 10. doux

31
1. canicule • 2. climatosceptiques • 3. désherbant • 4. dérèglement • 5. Giec • 6. sécheresse • 7. disparition • 8. fonte • 9. pics • 10. microplastiques • 11. nocifs • 12. trafic aérien • 13. tri des déchets • 14. extinction • 15. particules fines • 16. lourd

SCIENCES ET TECHNOLOGIE

32
1. fliqués • 2. empreintes • 3. borné • 4. reconnaissance • 5. bracelet • 6. géolocalisation • 7. vidéosurveillance • 8. écoute

33
1. suicide médicalement assisté • 2. dépendance • 3. expérience sur les animaux • 4. procréation médicalement assistée • 5. arrêt des traitements • 6. souffrir de • 7. progrès • 8. avortement • 9. acharnement thérapeutique • 10. dignité

34
mise au point • innover, novateur • invention, inventer • données ; don • capteur • cybersécurité, sécuriser • imprimer • tactile • terrien ; terrestre • reconnaissance

35
1. i • 2. f • 3. g • 4. b • 5. j • 6. c • 7. a • 8. d • 9. e • 10. h

LA FRANCE DANS LE MONDE

36
tension, tendre • sceau • rencontre • (se) réconcilier • rapprochement, proche • jumelage ; jumeau • méfiance, méfiant • entente • bilingue • humilier, humiliant • échange • différencier, différent

37
1. sortie • 2. montée • 3. douane • 4. eurosceptiques • 5. instauration • 6. adhésion • 7. monnaie • 8. circulation • 9. concertés
Le programme Erasmus tient son nom de l'humaniste du XVIe siècle Érasme (de Rotterdam).

38
1. créoles • 2. francophonie • 3. Maghreb • 4. passé • 5. métropole • 6. métisse • 7. métissé • 8. locuteurs

HISTOIRE

39
1. impôt • 2. misère • 3. despotisme • 4. mauvaise récolte • 5. se révolter contre qn/qc • 6. la Terreur • 7. mettre qn en prison • 8. le siècle des Lumières • 9. famine • 10. la prise de la Bastille

40
1. défaite • 2. honneur • 3. gloire • 4. épopée • 5. civil • 6. bataille • 7. empereur • 8. abdiqué

41

1. mémoire • 2. mutilés • 3. vichystes • 4. rafle • 5. tranchées • 6. extermination • 7. poilus • 8. survivant
Synonyme de « survivant » : rescapé

42

1. navigateur • 2. exploitées • 3. aboli • 4. puissances • 5. plantations • 6. métropole • 7. possessions • 8. négociants

43

1. mouvement étudiant • 2. Trente Glorieuses • 3. société de consommation • 4. dissuasion nucléaire • 5. rideau de fer • 6. État providence

44

peuple ; populisme • indépendantiste ; indépendant • prise (d'otages) ; preneur (d'otages) • décroissance, décroissant • rigoureux • altermondialisme • surveillance • revendiquer

LES MÉDIAS

45

1. dénonce • 2. décrypte • 3. polémique • 4. caricaturale • 5. chroniqueuse • 6. titres • 7. pertinente • 8. divers • 9. liberté • 10. couvre • 11. révélation

46

1. plateau • 2. audience • 3. matinale • 4. météo • 5. en continu • 6. flashs actu • 7. écran • 8. cible

47

1. virale • 2. infox • 3. rencontres • 4. pétition • 5. écrans • 6. buzz • 7. dièse • 8. blogueuse
Synonyme d'« infox » : information fallacieuse

CULTURE

48

1. f • 2. h • 3. j • 4. a • 5. i • 6. b • 7. e • 8. c • 9. d • 10. g

49

mélomane • chant ; chanson • reprendre • compositeur ; composition • paroles ; parolier • conservatoire • festivalier ; festival • rythme, rythmer • musical

50

1. bulle • 2. roman graphique • 3. planche • 4. bédéiste/scénariste (de bande dessinée) • 5. graphisme • 6. en noir et blanc • 7. album • 8. le neuvième art • 9. BD • 10. vignette/case

51

1. flèche • 2. sculptrice • 3. autoportrait • 4. nus • 5. exposition • 6. trait • 7. immortalisées • 8. chef-d'œuvre

52

1. comédiens • 2. incarné • 3. répétition • 4. répliques • 5. personnage • 6. hypocrisie • 7. mises en scène • 8. représentation

53

1. édition • 2. genre • 3. rentrée • 4. recueil • 5. plume • 6. bouleversante • 7. signé • 8. Goncourt
Synonyme de « tome » : volume

54

1. e • 2. g • 3. h • 4. a • 5. j • 6. b • 7. i • 8. d • 9. c • 10. f

INDEX

C

F

G

Q

R

S